長編官能ロマン

摘《つ》めない果実

草凪　優

祥伝社文庫

目次

第一章　二十、四十

神倉栄司《かみくらえいじ》が、どうぞ、と玄関扉を開くと、

「おじゃまします」

澤口由奈《さわぐちゆな》は茶色いコインローファーを脱ぎ、腰を屈《かが》めてきちんと揃《そろ》えた。

「あはっ、本当に……」

部屋を見渡して遠慮がちに笑う。

「学生が住んでるみたいなボロアパートだろ」

神倉も苦笑する。

「そうですね。でも、こういうお部屋、なんだか落ち着きます」

「よく言うよ」

「かぐや姫の『神田川《かんだがわ》』の世界って感じ」

「古い歌、知ってるねえ」

ここは、神倉の書斎というか隠れ家というか、妻と住む自宅マンションとは別に借りているアパートの部屋だった。

風呂なしトイレ共同で、家賃二万三千円。都心で駐車場を借りるより安い。

由奈は一度アパートの前まで来たことがあるけれど、部屋にあげたのは初めてだった。

外観から察せられる以上に、なかの様子は昭和の下宿そのものである。神倉も最初、不動産屋に紹介されて、いまどきこんなボロアパートがまだあったのかとびっくりした。二十年前、学生時代に住んでいた部屋にそっくりで、ささやかな郷愁《きょうしゅう》に駆《か》られてしまい、その勢いで借りてしまった部屋なのである。

「上着、かけるよ」

「あ、すみません……」

由奈が脱いだコートを、神倉は鴨居《かもい》にハンガーで吊《つる》してやった。

コートの下はふわふわした白いモヘアのセーターと黄色いミニスカート。先ほど飲んだワインのせいでふっくらした双頬《そうきょう》がピンク色に染まっているのが、とても華《はな》やかだ。煮《に》染《し》めたような部屋の雰囲気が、一瞬にして明るくなった。

さすがに二十歳、若さは華やかさである。

神倉は自分もコートを脱いで鴨居にかけると、石油ストーブに火をつけた。めらめらと燃えあがる炎の熱気を頬に感じながら、所在なく立ちすくんでいる由奈を見る。

視線と視線がぶつかりあい、ふたりともすぐに眼をそむけた。

気まずい沈黙がお互いの間を行き来する。

（やっぱり可愛《かわい》い……）

神倉は胸底でつぶやき、高まりきった自分の心臓の音を聞く。

神倉は四十歳になったばかりのサラリーマン。訳あって会社と自宅の中間地点に妻に内緒でこのアパートを借りている以外は、ごく平凡な人生を歩んでいると言っていいだろう。職種はコンピュータープログラマー。七年前に結婚し、子供はいない。妻は絵本を編集する仕事をもっているから、いわゆるＤＩＮＫＳというやつである。

一方の由奈は、二十歳の女子大生。このアパートの近所にある喫茶店で、ウエイトレスのアルバイトをしている。

とびきり美人というわけではないけれど、笑顔が可愛い常連客の人気者だった。いまどきの二十歳にしてはあどけなく、幼げにすら見える童顔。笑うと三日月形になる眼は黒眼が大きく、いつも夢見るように輝いている。

そのくせ、胸当てのついたピンク色のエプロンがよく似合って、それを着けると家庭的な雰囲気を漂わせるところも人気の秘密だった。

「俺も由奈ちゃんみたいな奥さんが欲しかったなあ。あと四十年遅く生まれてくればよかったよう」

常連客のご隠居《いんきょ》の口癖《くちぐせ》だが、店を訪れる客は誰もが似たようなことを口にする。

たしかにウエイトレスをしているとき、由奈はエプロンを盛りあげている控えめな胸のふくらみから初々《ういうい》しい色香を匂わせ、こんな若妻と新婚生活を送ってみたいという妄想を、仕事や家庭に疲れた男たちに抱かせる。彼女はだから、この町の「お嫁さんにしたい女の子」ナンバーワンなのである。

(お嫁さんじゃないけど……)

神倉はこれから由奈を抱こうとしていた。

由奈もそれを承知でこの部屋までついて来たはずだ。

神倉は妻帯者《さいたいしゃ》なので、もちろん浮気である。

生まれて初めての浮気をするという緊張感が全身をこわばらせていたけれど、それを二十も年下の彼女に悟《さと》られるのは情けない。

「由奈ちゃん……」

抱き寄せると身をすくめたが、嫌がりはしなかった。清潔なセミロングの黒髪からいい匂いが漂ってきて、鼻先で揺らぐ。

髪を撫《な》でながら、うっとりとその匂いを嗅《か》いだ。

顎《あご》に指を添《そ》えると、由奈は恐るおそる顔をあげた。

いつもまぶしい笑顔を浮かべている顔が、ひどく怯《おび》えている。細く整えられた眉がせつなげに寄り、長い睫毛《まつげ》がふるふると震えている。

「か、神倉さん、わたし……ぅんんっ！」

感極まった表情でなにかを言いかけた由奈の唇を、神倉は口づけで塞《ふさ》いだ。

由奈の唇は小さく、けれどもぷりんとした弾力があって、もぎたてのサクランボのようだった。

「ぅんっ……ぅんんっ……」

神倉が強く口を吸いたてると、由奈は鼻先で可憐《かれん》にあえいだ。緊張しているせいか、それとも経験が浅いのか、たまらなく初々しい反応である。

まだ軽いキスを交わしているだけなのに、白いセーターと黄色いミニスカートに包まれた体が、釣《つ》りあげられたばかりの魚のように跳ね動いている。

若々しい肉の躍動に、神倉は背筋にぞくぞくと歓喜が這《は》いあがっていくのを感じた。これからこの体と存分に快楽を分かちあえるのだと思うと、ズボンの下では早くも分身が硬くなっていき、痛いくらいに疼《うず》きはじめる。

由奈がなかなか口を開いてくれないので、唇の合わせ目をねちっこく何度も舐めまわした。サクランボのような唇がようやく割れると、胸を騒がす甘酸《あまず》っぱい匂いが漂ってきて、神倉は陶然《とうぜん》としつつ、ぬるりと舌を差しこんでいった。

「ぅんんっ……ああっ……」

由奈は眉根を寄せてあえぎながらも、中年男のいやらしい舌を、つるつるした舌で受けとめてくれた。由奈の唾液《だえき》は粘《ねば》りが薄く甘やかで、それを啜《すす》るほどに、神倉の興奮は天井知らずに高まっていく。

（もう、戻れないぞ……）

妻に対する罪悪感が、思った以上に胸を締めつけてきた。

すがりつくように、由奈を抱きしめた。

罪悪感を興奮で追い払ってしまおうと、両手でヒップの丘をつかまえる。黄色いミニスカートに包まれた二十歳の尻丘は丸々と張りつめ、ゴム鞠《まり》のように弾力があって、目的は半ば以上果たされた。

スカート越しに揉みしだくと、

「んっ……ああっ……」

由奈はワインで赤らんでいた頰をますます紅潮させていった。

まったく、なんという可愛らしさだろう。

神倉はキスを深めた。

はずむ吐息をぶつけあい、唾液と唾液を混じりあわせて、舌を吸った。つるつるした舌を吸いしゃぶりながら丸みを帯びたヒップを揉み、白いセーター越しに腰のくびれを撫でさすってやると、由奈の両膝が、がくがくと震えだすのがわかった。


由奈と知りあったのは、半年ほど前になるだろうか。

この町で部屋を借りて比較的すぐのことだ。

アパートのまわりは閑静《かんせい》な住宅街で、レストランやバーはおろかコンビニすらなかったが、ぽつんと一軒だけ喫茶店があった。昔ながらの古びた店で、ケチャップの味がするスパゲティナポリタンやオムライスは、ファミリーレストランで供されるものとはずいぶん違う懐かしい味がした。

その味が気に入った神倉は、毎晩のように通いつめるようになった。

そこでウエイトレスのアルバイトをしていたのが由奈だ。

可愛い子だな、と最初に見たときから思ったけれど、その気持ちを伝えたりすることはなかった。

最初の三カ月ほどは、まともに口をきいたことさえない。

神倉はいつでもカウンターのいちばん隅に座り、静かに注文を伝えると、食事中でもヘッドフォンステレオを耳から離さなかった。

その店は深夜に近づくにつれ常連客が集まり、ビールやウイスキーを飲みはじめてバーのような雰囲気になる。

料理の味は気に入っていたが、常連客と親しくなりたいわけではなかったので、話しかけないでくれ、という雰囲気を精いっぱいに演出していたのだ。

その店の常連客はみな気のいい男たちばかりのようだったけれど、当時の神倉は、自己紹介や身の上話に対して、極端に警戒心を抱いていたからである。

店主も常連客もそのことを察してくれたらしく、店内が賑《にぎ》やかになることがあっても、神倉には静かな孤独が保証されていた。

だから、由奈が注文以外で話しかけてきたのは、完全な不意打ちだった。

「それ、フランス・ギャルですよね？　わたしも大好きです」

テーブルに置いてあるCDジャケットを指さし、由奈は微笑《ほほえ》んだ。『夢見るシャンソン人形』で知られるフランス・ギャルはほとんど半世紀近くも前の歌手で、神倉が学生時代でさえすでにフレンチポップスの古典だったから、その台詞《せりふ》も不意打ちだった。

「よく知ってるね？」

「わたし、古い音楽が好きなんです。六十年代とか七十年代の。映画や小説も、古いものばかりに惹《ひ》かれるほうで……」

そのとき、客は神倉ひとりきりで、店主は奥の厨房《ちゅうぼう》に引っこんでいた。つまり店にはふたりしかおらず、冷たくあしらうのはためらわれた。それに彼女の話には、自己紹介も身の上話も必要がなさそうだった。

「へええ、若いのに変わってるんだ」

神倉がヘッドフォンをはずして応じると、

「よく言われます」

由奈はにっこりと相好《そうごう》を崩し、

「でも、いま流行《はや》ってる音楽とか、なんだか全然好きになれないんですよ。やさしくないっていうか、軽いっていうか……」

「ははっ、そういう気持ちってわかるよ」

神倉はうなずき、視線を遠く泳がせた。

「僕の学生時代は八十年代だけど、当時流行ってたディスコミュージックっていうのが、それはもう軽薄なものでね。とても聴く気になれなくて、昔の音楽ばかり聴いていたよ。

六十年代とか七十年代のロックが多かった」

「じゃあ、同じですね、わたしと」

「どういうのが好きなんだい？　フランス・ギャルのほかには」

「シュープリームスとかテンプテーションズとか……あ、ビートルズやローリング・ストーンズなんかも好きですよ、もちろん」

「ローリング……ストーンズね」

久しく忘れていた固有名詞を若い女の子の口から聞き、ひどく新鮮な感動を覚えた。

「ごめんなさい」

由奈はぺこりと頭をさげ、

「だからいつも、お客さんのテーブルに置いてあるCDに興味津々《しんしん》だったんです。いつ話しかけようかって、ずっとチャンスをうかがってて……」

それ以来、他に客がいないときは会話を交わす間柄《あいだがら》になった。

神倉のアパートには古いCDやレコードが山ほどあったので、由奈の趣味に合いそうなものを貸してやるようになるまで時間はかからなかった。

CDやレコードは、結婚して以来、すべて自宅の押し入れの奥にしまってあったものだ。だから、今度は二十歳の彼女になにを貸してやろうかと考えながら、久しぶりに聴きなおす作業は楽しかった。可愛い女子大生の感想を想像してはどきどきしたり、わくわくしたり、狭いアパートの畳の上に寝ころんでぼんやりと音楽に身を委《ゆだ》ねていると、学生時代に戻ったような甘い錯覚《さっかく》に陥ることもできた。

初めてデートをしたのは、いまからひと月ほど前のことだ。

いや、デートというのは少し大げさかもしれない。

食事に誘うと、由奈はあっさりと了解してくれた。駅前の居酒屋で飲み、それ以来、週に一度はふたりきりで会うようになった。飲みながら音楽談議に花を咲かせる程度だったけれど、神倉にとっては心ときめく、大切な時間だった。

べつに下心があったわけではない。なにしろこちらは四十歳の妻帯者で、相手は二十歳の女子大生なのだ。そんなものをもつほうがどうかしている。

彼女の笑顔を独占できるだけで満足だった。

荒《すさ》んでいた気持ちが癒《いや》された。

しかし、つい魔が差して訊《たず》ねてしまった。

今夜、少々張りこんだイタリアンレストランで食事をしていたときのことである。

自分も身の上話をされたくないので、極力プライヴェートな質問をしないように注意していたのだが、

「由奈ちゃんは、彼氏とかいないの？」

禁断の質問を思わず口にしてしまった。

「ほら、いつも遅くまでバイトしてるし、早番だと僕が食事に誘っちゃうから、彼氏がいたら淋《さび》しがるだろ？」

それまで笑顔を絶やさず会話していた由奈が、突然怒ったように頰を膨《ふく》らませた。

「いません、彼氏なんて……」

「いや、でも、花の女子大生なんだから……」

由奈はあまり強くはないはずのワインを、グラスを傾けて一気に飲み干し、

「わたし、大学にいるような若い男の子って、興味がもてなくて……年上の人に憧れてるんですけど、そういう人とは出会いがないし……」

じっとりと恨《うら》みがましい眼で見つめられ、神倉の胸はざわめいた。神倉は若いころからモテるほうではなく、結婚してから不倫した経験もないから、女心には鈍《にぶ》いほうかもしれない。その神倉でも、好意を勘ぐりたくなるような眼つきだった。

「も、もしかして、不倫に憧れてるってやつかな？」

茶化そうとしたつもりのに、声が思いきり上《うわ》ずってしまう。

「若い女の子でそういうタイプがいるって、週刊誌で読んだことあるけど……」

「べつに憧れてるわけじゃないです」

由奈はうつむいて答え、

「でも、年上で素敵な男の人は、たいてい結婚してるから……」

「俺も結婚してるけど……」

神倉は苦笑した。

「べつに素敵な男じゃない」

由奈はくすりとも笑わずに顔をあげた。先ほどと同じ、じっとりした恨みがましい眼で、ただ黙って見つめてきた。

（な、なんだよ、どういうつもりなんだ……）

神倉の心臓はにわかに早鐘を打ちはじめた。

神倉が妻帯者であることは、由奈も薄々わかっているはずだった。

一度、アパートの前までCDを取りにきた彼女に「ここは自宅とは別に借りている倉庫みたいなところなんだ」と言ったことがあるからだ。会話の端々《はしばし》で「カミさんが……」と言ってしまい、しまったと思ったことだって何度かある。

にもかかわらず好意を寄せてくれているのは、やはり不倫でもOKということか。

いや、そもそも好意を寄せてくれていることは事実なのだろうか。

「よ、よかったら……」

神倉の声は相変わらず上ずっていた。

「よかったら、食後のコーヒーはうちで飲むかい？」

「うち？」

「ほら、前にCDを取りにきたところさ。学生が住むようなボロアパートでちょっと恥ずかしいけど、コーヒーくらいは淹《い》れられるから」

由奈はわずかに視線を宙に泳がせて逡巡《しゅんじゅん》したが、やがて覚悟を決めるように息を呑み、こくんと小さく顎を引いた。

「布団、敷こうか」

神倉が口づけをといてささやくと、由奈は紅潮した顔をうつむけた。すぐに恥ずかしそうに背中を向け、白いモヘアのセーターに包まれた双肩を小刻みに震わせた。

食後のコーヒーの話は、すでにどこかへ消えてしまっていた。

イタリアンレストランからの帰り道、外灯の灯りもおぼろげな人影のない住宅街に差しかかると、由奈は腕をからめてきた。ぎゅっとしがみつかれた。由奈が不倫も厭《いと》わず好意を寄せてくれていることは、もはや明らかだった。

「あのう……」

由奈が背中を向けたまま言う。

「電気、消してもらえますか」

「ああ、ごめん」

神倉はあわてて蛍光灯《けいこうとう》の紐《ひも》を引っ張った。常夜灯まで消してしまっても、石油ストーブの炎があるので視界はぼんやりと保たれている。

（こういうとき、布団は格好がつかないな……）

押し入れから布団を出して敷きながら、胸底で苦笑する。

自宅ではベッドを使っているが、この部屋は狭いし、学生時代と同じ気分が味わいたくて、あえて布団を選んだのだ。そのときはまさか、二十歳の女子大生を招待し、素肌を重ねられるような展開が待ち受けていようとは、夢にも思っていなかった。

「こっちに来なよ」

背中を向けている由奈の手を取り、ふたりで布団の上に腰をおろした。お互いに態度がぎくしゃくしていた。ウエイトレスのアルバイトをしているときの由奈は、元気な笑顔がチャームポイントなのに、いまは別人のようにおとなしい。

神倉は後ろから由奈を抱きしめ、

「ず、ずいぶん緊張してるね……」

自分のことは棚に上げ、黒髪からのぞいた耳元でささやいた。形のいい小さな耳が、みるみる桜貝のような色に染まっていく。

「やっぱりやめたほうがいい？」

「そんなこと……」

由奈が声をつまらせる。首をひねって振り返り、決して拒《こば》んでいるわけではないのだと、眼顔で訴えてくる。

神倉は軽い自己嫌悪に駆《か》られた。

いい歳をして、やり方がずるい。この期に及んで言葉で確認するくらいなら、部屋になど誘わなければよかったのだ。

（それにしても……）

人間、生きてれば信じられないような幸運に巡りあうこともあるものだと思う。

自分では四十歳にしては若いつもりでも、客観的に見れば、冴《さ》えない中年男の部類に入るだろう。特別な金持ちでもないし、若者受けする職業に就《つ》いているわけでもないし、もちろん若い女の子の扱いに慣れた不良中年でもない。

そんな男が、二十歳の女子大生を抱けるなんて……。

「ゆ、由奈ちゃん……」

清潔な黒髪に鼻を押しあて、匂いを嗅いだ。三十六歳の妻にはない、若々しく甘酸《あまず》っぱいフェロモンが鼻腔《びこう》をくすぐる。

「……やんっ、恥ずかしい」

セーターをまくりあげようとすると、由奈はあわててセーターの裾《すそ》を引っ張った。

拒んでいるわけではないだろう。いまどきの若い娘とはいえ、それなりに羞恥心をもちあわせているのだ。そういう娘であるからこそ、神倉だって、妻帯者の身でありながら抱いてみたいと思ったのである。

由奈がセーターの裾をすっかり戻してしまっても、その下に隠されている部分は、眼にしっかりと焼きついていた。

パステルピンクのブラジャーに包まれた控えめな胸のふくらみと、贅肉《ぜいにく》のない華奢《きゃしゃ》な背中、そして、どこまでも薄いウエスト。

由奈がグラマーなスタイルをしていないことは、着衣の上からでもわかっていた。どちらかといえば幼児体型に近いであろうことも、予想通りだった。

とはいえ、笑顔が似合う親しみやすい顔立ちと、その清純なスタイルはよくマッチしていた。なにより、ミルクを溶かしこんだような白い素肌が素晴らしい。

「バンザイして」

耳元でささやきながら、セーターのなかに手のひらを滑りこませていく。白い素肌の触り心地は見た目以上になめらかで、肉の薄いお腹のあたりを撫でさすっているだけで、陶然となってしまう。

「聞こえないの？　脱がしてあげるからバンザイして」

低くささやき、桜色に染まった耳に音をたてて口づけをする。

「うっ……ううっ……」

石油ストーブの炎に照らされた由奈の顔は真っ赤に燃えあがり、すくめた小さな肩は可哀相なほど震えていた。

それでもセーターの裾から離した両手を、おずおずと持ちあげてくれる。

（たまらないよ、もう……）

若い女の子とは、これほどまでも興奮を揺さぶるものだったのか。

初々しい二十歳の所作が、欲情を怖いくらいに尖《とが》らせていく。

とはいえ、これが浮気であるという意識は、まだ頭の片隅にあった。

初めてのキス、初めて見るヌード、初めての結合――セックスにまつわる「初めて」は、男たちを狂おしい興奮に駆りたて、と同時に激しい緊張を強《し》いるものだ。初めての浮気、となると、そこに刺々《とげとげ》しい罪悪感のスパイスがまぶされ、胸中をどこまでも複雑なものにする。浮気が発覚すれば、生涯の伴侶《はんりよ》を失意のどん底に突き落とし、深く傷つけることを、神倉は身にしみてわかっていた。

半年前、妻が浮気をしたからである。

半年の時を経ても、まだそのショックから立ち直れていない。

情けないことに、浮気相手を問いただすことすらできなかった。三行半《みくだりはん》を突きつけ、家から追いだすこともできないまま、表面上はそれまでどおりの生活を送っている。

そのかわりに、自宅と会社の中間にある駅で、安いアパートの部屋を借りた。処分するつもりだった本やCDを運びこみ、帰宅する前のほんのひととき、その部屋に引きこもることで心の傷を癒《いや》そうとしたのである。

ところがその部屋の近所にある喫茶店で、今度は自分の浮気相手となる二十歳の女子大生と出会ってしまったのだから、因果《いんが》は巡るということだろうか。

「ほら、早く脱いで」

由奈が完全にバンザイをするのを待ちきれず、神倉は途中で手を伸ばした。いささか乱暴に頭からセーターを抜き、パステルピンクのブラジャーを露《あら》わにしてしまう。

「やあんっ！」

すかさず両手で胸元を隠した由奈を、神倉は布団の上に押し倒した。

「きゃっ……」

短い悲鳴があがったけれど、もはや遠慮をしている場合ではない。

下から由奈が、せつなげな面持ちで見つめてくる。

神倉は視線をからみあわせたまま、キスをした。

由奈が眼を閉じる。長い睫毛がふるふると震えているのを眺めながら、サクランボのような唇を吸い、ねっとりと舌をからめあわせていく。

そうしつつ、清潔な黒髪を撫でていた手を首筋に移動させた。爪を立て、茎《くき》のように細い首をくすぐるように愛撫すると、そこに性感帯があるのか、

「くっ……くぅうっ……」

由奈はキスを続けていられなくなり、白い喉を反《そ》らせた。

（ああ、なんて可愛いんだ……）

どこまでも初々しい二十歳の反応に身震いしながら、神倉は反らせた由奈の喉をねっとりと舐めあげた。刺激に跳ねあがる女体をきつく抱きしめ、首筋から耳に向かって、何度も何度も舌を這わせていく。

「く、くすぐったい……くすぐったいです……」

由奈がいやいやと首を振り、乱れた黒髪から甘い匂いを漂わせる。

たまらなかった。

神倉は乱れた由奈の黒髪に顔を押しつけ、若い女のフェロモンを胸いっぱいに吸いこんだ。

（なんだか、すっかり中年の愛撫だ……）

自分の愛撫はこれほどねちっこかっただろうか、と思いながら、手指を動かし、舌と口を使う。

由奈の首筋に舌を這わせ、赤く染まった耳にキスをしていく。

いまほど自分の舌使いや指の動きをいやらしく感じたことはなく、四十路《よそじ》の中年男になってしまったことを実感してしまった。

だいたい、若いころのセックスでは、できるだけ早く女体を裸にしたがった。夫婦の営みでは、妻に自分で脱いでもらっていた。

なのにいまは、由奈をすぐに裸にしてしまうことが惜しい。パステルピンクのブラジャーと黄色いミニスカートという格好が、たまらなく扇情的に見え、いつまでも眺めていたくなる。

「……んんっ！」

ブラジャーのカップを手のひらで包みこむと、由奈はきゅうっと眉根を寄せた。どこか怯えているようだった。

神倉はその怯えを和らげるように、カップの上から乳房をやさしくまさぐってやる。ブラの生地のざらつきが妙に卑猥で、鼻息を荒らげつつ二十歳の胸のふくらみをじっくりと味わっていく。

「んんっ……ああっ……」

悶《もだ》える由奈はどこまでも初々しく、きりきりと寄せられた眉も、唾液に濡れた赤い唇も、そこからのぞく食いしばった白い歯列も、すべてが新鮮だった。はずむ吐息からは、もぎたての果実のようなフルーティな香りがした。

いや、吐息だけではなく、体全体からそんな香りが漂っている。

「可愛いよ……」

神倉はまぶしげに眼を細めてささやいた。

両手でふたつのカップを包みこむと、

「んんんっ……」

由奈は真っ赤な顔をくしゃくしゃにし、

「は、恥ずかしい……恥ずかしいです……」

「どうして？」

「だってぇ……」

恨めしげな眼で神倉を見て、それから視線を自分の胸に移す。

「わたしの胸、すごくちっちゃいから……」

「そんなことないさ。とっても可愛いおっぱいだよ」

神倉はきっぱりと首を横に振り、由奈を見つめた。

お世辞《せじ》でも慰めでもなかった。近ごろは無闇に大きな乳房をありがたがる風潮があるけれど、神倉の好みは手のひらにすっぽり収まるサイズだ。迫力のある巨乳より、貧乳のほうがむしろ好ましいくらいである。

「見せて」

しきりに恥ずかしがる由奈の背中に両手をまわし、ブラジャーのホックをはずした。カップをめくりあげた瞬間、神倉は大きく息を呑《の》んだ。

貧乳なんてとんでもない。

理想通りの乳房がそこにあった。

りんごをふたつ並べたような、可憐なふくらみだった。

しかも、乳首が淡い桜色で、地肌の色に溶けこんでしまいそうな透明感がある。これほど清らかな乳首は、生身はもちろん、ヌードグラビアでさえ見たことがない。

「そ、そんなに見ないでください……」

由奈はすぐに細腕を胸の前で交差させたけれど、見ないわけにいくはずがなかった。神倉は自分の呼吸が速まっていくのを感じながら、由奈の細腕を取り、左右にひろげた。慎ましく控えめで、けれども悩殺的に盛りあがった二十歳の乳房を、たぎる視線でむさぼり眺めた。

「ああっ、いやっ……恥ずかしいです……」

いやいやと身悶える由奈の胸元に、手指を伸ばしていく。

指先がおかしいくらいに震えている。

りんごのような由奈の乳房はどこまでも可憐で、四十路に足を踏みこみ、たいていのことに感動を覚えなくなってしまった神倉の心臓を、爆発せんばかりに高鳴らせた。

（ああ、なんて綺麗なおっぱいなんだよ……）

触るのが少し怖かった。

震える指をふくらみに伸ばし、まずは親指と人差し指で隆起に触れた。ぷにっと返ってきた感触は、硬い果実ではなく、ひめやかな女の性感帯そのものだった。二十歳という若々しさが、柔らかな感触のなかに、たまらない張りと弾力を与えていた。

「んっ……あああっ……」

二本の指でぷにぷにと乳肉を刺激してやると、由奈はピンク色に染まっていた顔をますます生々しく紅潮させ、伏せた睫毛と半開きの唇を震わせた。淫らな悲鳴をこらえるように大きく息を呑み、歯を食いしばった。

「むうっ……むううっ……」

神倉は鼻息も荒く、両手を使ってふたつのふくらみを愛撫しはじめた。

力まかせに揉みくちゃにしてしまいたい衝動が身の底から突きあげてくるけれど、眼にしみるほど清らかな淡いピンクの乳首がそれを許してくれない。

まずは指先だけを使って、隆起の下半分を揉んだ。

いや、撫でさすったと表現したほうが正確かもしれない。

乳肉に指を沈めることもできないまま、ただ指を刷毛《はけ》のように使って、さすりまわした。ぴちぴちに張りつめた若肌の感触を、指腹で吸いとるようにねちっこく撫でた。

「うっ……ううっ……」

由奈が薄眼を開け、なにかを言いたげに見つめてくる。

焦《じ》らしていると思っているのだろう。小さめの乳房にコンプレックスを抱いているようだから、焦らしイコール意地悪と受けとっているかもしれない。

だが、違うのだ。

神倉はせつないほどの激情を覚えつつも、由奈の乳房のあまりの可憐さに気圧《けお》されてしまっているのだ。

とはいえ、神倉も女を知らない童貞少年ではなかった。由奈より二十も年上の、立派な大人なのだ。しっかりリードしてやらなくては、男の沽券《こけん》に関わる。

「ああんっ！」

左右のふくらみにむぎゅっと指を沈みこめると、由奈は喉を反らして声をあげた。しかし、声をあげたいのは神倉のほうだった。

（こ、これは……なんていう揉み心地だ……）

若く張りつめた素肌の下にある肉は、柔らかく繊細《せんさい》でそのくせ悩ましい弾力があって、神倉を一瞬にして虜《とりこ》にした。指だけではすぐに物足りなくなり、手のひらで隆起の下半分をすくいあげるようにして、熱っぽく揉みしだいた。

「ああっ……ああんっ……」

揉みしだくリズムに合わせて、由奈が悶《もだ》える。呼吸がはずみだす。細く整えられた眉がきりきりと寄り、眉間に深い縦皺《たてじわ》がくっきりと浮かびあがってくる。

（た、たまらん……たまらんぞ……）

大げさではなく、乳房を揉んだだけでこれほどの感動を覚えたことは初めてだった。十本の指を淫らがましくうごめかし、ふたつのふくらみを揉みしだくほどに、初々しい若さそのものを吸いとっているような不思議な感慨に、神倉はとらわれた。

舌を出して、舐めた。

肉の薄い脇腹から唐突に隆起する胸のふくらみを、下から上に舐めあげていった。

「んんんっ……くぅううっ……」

由奈がもらすくぐもった声が、石油ストーブの炎に照らされた安アパートの部屋を、みるみる淫靡《いんび》な雰囲気に変貌させていく。

(可愛いあえぎ方だ……)

神倉は上眼遣いで由奈の様子をうかがいながら、りんごのような双乳を男くさい唾液にまみれさせていった。若々しく張りつめた二十歳の美肌に、職人が漆《うるし》を塗るような丁寧さで、ねとり、ねとり、と舌を這わせていく。

乳首には、まだ触れていなかった。にもかかわらず、乳房全体が唾液にまみれていくに従って、淡いピンク色の乳首はうずうずと疼《うず》いて、やがて小さく突起してきた。乳房はどこまでも丸いのに、その先端の乳首はあずきのように尖《とが》っている。

「感じてるのかい？」

神倉は低くささやき、唾液にまみれたふくらみを揉みしだく。

「乳首が勃《た》ってきたよ」

「い、言わないでください……」

由奈は唇を嚙みしめて、顔をそむけた。いまどきの二十歳にしては、つくづく羞《は》じらい深い性格らしい。神倉は嬉しくなって、つい意地悪がしたくなった。

「言わないでって言ったって、ほら、こんなにツーンと……」

舌先で横からくすぐるように舐めたてると、

「ああんっ！」

性感の呼び鈴を押された由奈は総身をのけぞらせ、黒髪を振り乱した。さらに舐め転がすと、乳首は清らかな色合いに似合わずひときわ鋭く突起していった。色合いは清らかでも、意外に敏感らしい。

「ほうら、どんどんいやらしい形になっていくぞ、こっちもこっちも……」

左右を交互に舐めまわし、尖った乳首にねっとりした光沢を与えていく。唾液で濡らした状態でくりくりと指でいじってやると、

「ああっ！　はぁあああっ……」

由奈は甲高い悲鳴を部屋中に響かせ、身も世もなく悶《もだ》え泣いた。神倉はその悩ましい反

応に欲情しつつ、乳首を口に含んだ。あずき大の乳首は口に含むとこりこりと小気味よい感触で、吸いたてるほどに硬くなっていく。

「はぁああっ……くぅうっ……はぁあああっ……」

悶える由奈の黒髪は乱れて、秀《ひい》でた額《ひたい》が露わになった。薄っすらとかいた汗が、ひどくそそった。赤く染まった顔も、ただ羞恥に紅潮しているだけでなく、どこか蕩《とろ》けるような色合いへと変化していく。

神倉の額にもびっしりと汗が浮かんでいた。

すぐ側《そば》で燃え盛っている石油ストーブのせいだけではない。

呼吸も恥ずかしいほどはずんでいた。

二十歳の女子大生をこの手で乱れさせているという事実が、息苦しいほどの興奮を運んでくるからだ。ズボンの下の分身は痛いくらいに勃起しきって、熱い先走り液を漏《も》らしていた。

（まったく夢中にさせてくれる……）

神倉は乳房への愛撫をいったん中断して息をつくと、ジャケットを脱ぎ、ネクタイをゆるめた。

愛撫を中断してもなお身悶えている由奈を見る。その下肢に手を伸ばしていき、黄色いミニスカートを脚から抜いてしまう。ナチュラルカラーのパンティストッキングの奥で、パステルピンクのパンティが、股間にぴっちりと食いこんでいる。

（ず、ずいぶんむっちりした太腿じゃないか……）

神倉は眼を見開き、ごくりと唾を飲みこんだ。

由奈は全体としては華奢な幼児体型をしており、胸のふくらみも大きくなかったが、下半身は意外にも肉づきがよかった。

二十歳という年齢にふさわしい、若さのはじける太腿である。

吸い寄せられるように手を伸ばしていくと、

「やんっ！」

由奈は恥ずかしがって体を横に向けたが、おかげでこちらもずいぶんと肉づきがいい、突きだすように丸みを帯びたヒップのラインが露わになった。太腿の逞《たくま》しさも、横向きになったことでひときわ強調され、神倉の欲情の炎に油を注ぎこんでくる。

（安産型ってやつかな……）

ストッキングの上から、太腿をそっと撫でた。

ナイロンのざらりとした感触の奥に、乳房よりずっと弾力の強い腿肉が閉じこめられている。

「ああ、由奈ちゃん……」

神倉は陶然とささやいた。

「可愛いよ……可愛くて可愛くて、たまらないよ……」

恥ずかしげもなく甘い台詞をささやきながら、ナイロン越しにむっちりした太腿を撫でまわす。時にぐいぐいと揉みしだきながら顔を近づけ、頬ずりまでしてしまう。

「やあんっ、恥ずかしい……恥ずかしいです……」

由奈がいやいやと身悶える。たしかに恥ずかしいに違いない。由奈の体に残っているものは、もはや二枚の薄布だけなのである。

それにしても、パンティストッキングとは、なんと卑猥なデザインなのだろう。股間を縦に割るセンターシームが、二十歳の女子大生の可憐さを、無惨なまでに台無しにしてしまう。パンスト姿を見られているより、いっそパンティ一枚になりたいと、由奈は思っているのかもしれない。

だが、女が恥ずかしがれば恥ずかしがるほど、逆に男は興奮するものである。

神倉はパンストを穿かせたまま執拗《しつよう》に太腿を揉みしだき、頬ずりを繰り返した。

「ああんっ、やめて……やめてください……」

恥辱に耐えかねた由奈は四つん這いになって逃げまどい、掛け布団のなかにもぐりこんでしまう。

だが、そんなことをしても無駄だった。いや、パンスト姿で四つん這いになった由奈の姿が、むしろ興奮を煽《あお》りたてた。

「こら、出てこい。出てきなさい」

「いやっ、いやですっ」

掛け布団のなかに手を突っこみ、そんな幼稚なやりとりをすることすら、なんだか刺激的だった。やがて掛け布団を着ぐるみのように体に巻きつけた由奈を、布団ごと抱きしめて下肢をまさぐった。

(俺ってこんなにすけべな男だったたっけ……)

神倉は口許《くちもと》で苦笑いした。自分はどちらかといえば性的に淡泊《たんぱく》なほうだと思っていたし、実際、新婚時代でも週に二、三度しか妻の体を求めなかった。行為そのものも恥ずかしながらワンパターンであり、こんなふうにストッキングの上から太腿を揉みしだくことに執念を燃やしたことなどかつてない。

由奈のせいだった。

この羞じらい深い二十歳の女子大生が、淡泊な四十男を恥知らずなほどいやらしい男に豹変《ひょうへん》させたのだ。性的なエネルギーを際限もなく与えてくれるのだ。

「……ああんっ、もう許してください」

由奈が眉根を寄せて哀願してくる。

赤々と紅潮した顔に生汗が浮かんでいる。

掛け布団を体に巻いた布団蒸し状態で格闘していたから、相当に暑いのだろう。

それでなくとも、部屋には石油ストーブの炎がめらめらと燃え盛っている。

「許すも許さないもあるもんか。由奈ちゃんが逃げるからいけないんじゃないか」

神倉は唇を尖らせ、いささか子供じみた口調で言った。

「逃げるつもりはないんですけど……ストッキングだけの格好って、なんだかとっても恥ずかしくて……」

やはりそうだったのか、と神倉は胸底でうなずいた。

股間を縦に割るセンターシームを有するパンティストッキングは、男の眼から見ればたまらなく興奮を駆りたてられてるアイテムだが、女にしてみれば泣きたくなるほどに無様な格好なのだ。

「わかったよ。じゃあ脱がしてあげるから、出てきなさい」

「ううっ……」

由奈は唇を嚙みしめて、恨めしげな眼を向けてきた。パンスト姿をさらすのも恥ずかしいが、それを脱がされるのも負けず劣らず恥ずかしいのだろう。行くも地獄、戻るも地獄というわけだ。

「布団のなかで自分で脱いでもいいですか？」

「ダメダメ。せっかく相手がいるのに、自分で脱ぐなんてルール違反だよ」

理屈にならない理屈を並べ、神倉は由奈から布団を剝《は》ぎとった。

「きゃあっ！」

由奈は可憐な悲鳴をあげて、エビのように体を丸めた。抱えた膝で剝《む》きだしの双乳を隠し、両手では真っ赤に染まった顔を隠している。

「まったく、恥ずかしがり屋さんだなあ」

神倉は苦笑した。いまからこの調子では、生まれたままの姿になったら、いったいどれほど恥ずかしがるのだろう。

パンストのウエストに指をかけた。

丸々としたヒップラインをたぎる視線でむさぼり眺めながら、極薄のナイロンを、果実の薄皮を剝くようにして脱がしていく。

二本の脚には、疵《きず》ひとつなかった。膝など少女のようにつるりとしている。

しかも、しばらく布団蒸しになっていたせいで、ナイロンの下から現われた肉づきのいい太腿はじっとりと汗ばみ、ミルクを溶かしこんだように白い素肌をぬらぬらと濡れ光らせていた。

神倉はむしゃぶりつきたくなる衝動をこらえるのに往生した。

「ううう っ……」

丸めたストッキングを爪先から抜くと、由奈は顔を隠した手指の間から神倉をのぞきこんできた。黒眼がちな瞳が、いまにも涙をこぼしそうに潤んでいる。だがそれは、ただ羞恥ばかりが原因ではないだろう。

神倉は由奈を抱きしめた。

顔から両手を剝がし、深々と口を吸った。

「ぅんっ……ぅんんっ……」

由奈の鼻先から、くぐもった声がもれる。

神倉は口づけで由奈の意識を上半身に誘導しながら、パステルピンクのパンティ一枚になった下半身に右手を這わせていった。生身の太腿に触れると、ぴちぴちとしか形容のしようがない若々しい感触に、眩暈《めまい》がするほどの興奮が襲いかかってきた。

（た、たまらん……たまらないよ……）

息をはずませて、むっちりと張りつめた太腿を揉みしだく。

揉みしだいては撫でさすり、撫でさすっては弾力のある肉に指を食いこませる。

ねちっこく、執拗なまでに愛撫した。

しかし、いつまでも太腿だけを愛撫しているわけにはいかない。

その手を今度は、股間に食いこんだ薄布の方へ、じわり、じわり、と移動させていく。

「んんんっ！」

指先がパンティに届くと、由奈はキスで閉じていた眼を見開き、驚愕《きょうがく》と怯えの入り混じった表情で見つめてきた。

（いよいよ最後の一枚だ……）

神倉は口づけをしながらも、指先に全神経を集中させ、薄いコットン製のパンティをまさぐった。こんもりと盛りあがったヴィーナスの丘、そのふくらみ具合を味わうように指をうごめかし、次第に下に、柔らかい肉の方へ、中指をすべり落としていく。

「んんっ……あああっ！」

中指がパンティの船底をとらえると、由奈はキスを続けていられなくなった。必死になって左右の太腿をこすりあわせて、神倉の手指をぎゅうぎゅうと挟んでくる。

神倉は抱擁《ほうよう》に力をこめた。

由奈が身をよじって恥ずかしがっているのは、女のいちばん大切な部分に触れられたからだけではないようだった。

パンティの船底をとらえた右手は、むっとする熱気を感じていた。おそらく、薄布のなかで淫らなよだれを垂《た》らしており、そのことを恥ずかしがっているのだろう。

「ずいぶん燃えてるみたいだね」

艶めかしく上気した顔にささやきかけ、指を動かす。薄布の上から女の割れ目に沿って、すりっ、すりっ、と刺激してやる。

「ああっ、いやあっ……いやあああっ……」

黒髪を振り乱して羞じらいながらも、若い肉体は敏感に反応した。尺取り虫《しゃくとりむし》のようにうごめく指の刺激を受け、薄布をじんわりと濡れ湿らせていく。

「すごいよ、由奈ちゃん。このままじゃパンツ汚しちゃうよ」

見なくとも、船底部分にシミが浮かんでいるのがわかった。それも、一円玉くらいのサイズからみるみる五百円玉ほどにも大きくなって、薄布に隔《へだ》てられた奥から、くちゃくちゃという音まで聞こえてきそうだ。

「暑いだろう？　汗だってびっしょりだ。脱がせてあげるからね。いま脱がせてあげるからね……」

神倉はうわごとのように言いながら、いったん股間をまさぐっていた手を離した。言葉とは裏腹に、すぐにパンティを脱がすつもりはなかった。

体を起こし、由奈の足元に移動していくと、

「な、なにを……」

由奈は真っ赤に紅潮した顔をひきつらせた。

神倉は少女のようにつるりとした由奈の両膝をつかまえると、ぐっと左右に割りひろげて、両脚をM字に立ててしまう。

「いっ、いやあああっ！」

由奈が悲鳴をあげて両手を伸ばしてくる。あられもなくひろげられた両脚の間、そこで女のいちばん恥ずかしい部分に貼りついている小さな布を、ふたつの手のひらで必死になって隠そうとする。

神倉は興奮に眼をたぎらせて、その手を一枚ずつ剝がしていった。由奈はかなり激しく抵抗したが、所詮は女の力である。男に敵《かな》うわけがない。

「み、見ないでっ……」

ちぎれるような悲鳴とともに、眼前にすさまじい光景がひろがった。こんこんとあふれでた由奈の発情のエキスは、コットン製の薄布をぐっしょり濡らし、アーモンドピンク色

の柔肉まで淫らがましく透けさせていた。

「見ないでっ！　見ないでくださいっ！」

由奈が切羽つまった悲鳴をあげ、必死になってＭ字に開脚された股間を隠そうとする。

しかし、見ないわけにいくはずがない。

神倉は由奈の両手をつかまえ、じたばたとあがく両脚を肘で割りひろげながら、パンティの船底部分をむさぼり眺めた。大量に分泌された発情の粘液を吸いこんで、アーモンドピンクの柔肉に貼りついている。どこまでもひめやかで、いやらしいその色合いが、身震いを誘うような興奮を運んでくる。

「ああっ、離してっ！　離してくださいっ！」

由奈は首筋まで真っ赤に紅潮させて、手脚の自由を訴えてくる。

「おとなしくするかい？」

「でも……でもお……」

「おとなしくできないなら、離すわけにはいかないなあ」

由奈の両手両脚を押さえるために左右の手を使わざるを得ないので、せっかくの濡れたパンティに触れることはできない。

しかし、責め手はある。首を伸ばし、舌を差しだした。由奈の体をＭ字開脚に押さえこんだまま、パンティの船底部分に舌を這わせた。

「ひっ、ひいいいーっ！」

その愛撫がよほど意外だったのか、由奈は可憐な顔をひきつらせる。

神倉は舌を躍らせた。

パステルピンクのコットンが吸いこんだ匂いたつ蜜《みつ》を味わうように、下から上に女の割れ目をなぞっていく。

と同時に、唾液をたっぷりとなすりつけていくと、裏表から水分を吸ったパンティはますますぴったりと女陰に貼りつき、卑猥な色合いを露わにしていった。

「たっ、助けてっ……助けてくださいっ……恥ずかしいっ……」

由奈はもはや、溺れゆく人魚のようにあわあわと唇をわななかせ、か細い悲鳴をあげるばかりである。

抵抗が弱まったので、神倉は由奈の両手首を交差させ、左手だけで押さえこんだ。空いた右手をパンティに伸ばし、股間にぎゅうっと食いこませた。

「いっ、いやあああっ……」

褌《ふんどし》状に食いこんだパンティを見て、由奈が瞳を凍りつかせる。

彼女は二十歳の女子大生だった。

ウエイトレスのアルバイトをしている姿はまぶしいほどに快活で、常連客の中年男たちに「お嫁さんにしたい女の子、ナンバーワンだね」と可愛がられている。

神倉もその意見に異存はない。

本当に結婚したいというより、お嫁さんにして守ってあげたいという保護欲を誘う、いまどき珍しい二十歳なのである。

そんな由奈は、本当に嬉しくなるほど羞じらい深く、だがその羞じらい深さが逆に、四十の中年男を意地悪くさせるのだ。もっと恥ずかしがらせてみたい、いじめてやりたいと、興奮が保護欲をくるりと裏返してしまうのである。

（こ、これは……）

パンティのフロント部分をさらにぐいぐいと食いこませていくと、細長い帯と化したパンティの両脇から、若草がちょろりとはみ出した。

衝撃の光景だった。

可愛い由奈にも、獣《けもの》じみた部分があるのだといまさらながらに知らしめられ、神倉は我を失うほどの興奮状態に陥った。

「い、いやっ……あぁあああああーっ！」

パンティをめくりさげ、脱がせてしまうと、由奈は真っ赤な顔で悲鳴をあげた。その股間では、獣じみたと呼ぶにはあまりにも可憐な、小さな小判形の草むらがふっさりと生い茂っていた。

めらめらと燃え盛る石油ストーブの炎が、生まれたままの姿になった由奈を照らしだしている。可憐な顔から小さな耳、首筋や胸元に至るまで生々しく紅潮させたその姿は、男の不埒《ふらち》な欲望を揺さぶるだけではなく、天からの贈りものを思わせるような、神々《こうごう》しささえ携えていた。

見つめる神倉の顔も、赤々とたぎりきっていた。姿見に映った自分の顔を見て、驚いた。由奈が天からの贈りものなら、こちらはさしずめ赤鬼である。眼の前に横たわっている清らかな若い肢体を、欲望のままにむさぼろうとしている悪鬼そのものの顔をしている。

「……こわい」

由奈が震える声で言う。神倉の表情があまりにも険《けわ》しいことに、たじろいでいる。

「大丈夫だよ……」

神倉は口許に笑みをこぼし、けれども眼だけはぎらぎらとたぎらせたまま、由奈の両膝をつかんだ。むっちりと肉づきのいい太腿を、あらためて左右に割りひろげていく。

「うっ……ううっ……」

由奈が唇を噛《か》みしめる。

先ほどとは違い、もはや股間を隠すパンティはなく、脚をひろげられれば女の恥部という恥部が剝きだしになる。

由奈は当然のように両手で股間を隠そうとしたが、神倉がそれを許さないのもまた、当然のことだった。男の力で小さな手のひらを剝がしていくと、由奈は諦めたように今度は両手で真っ赤に染まった顔を覆い隠した。

じりっ、じりっ、と神倉は由奈の両脚をひろげていった。火を噴きそうな熱い視線を、ヴィーナスの丘に茂った若草にからみつけた。

いよいよだった。

いよいよ二十歳の女子大生の、一番大切な部分を拝むことができるのだ。

「あっ……あああっ……」

剝き身の股間をきっちりM字に割り裂かれると、由奈は両手で顔を覆ったまま身をよじり、痛切な悲鳴をもらした。

（こ、これが……これが、二十歳のオマ×コッ……）

神倉は瞬《またた》きも忘れて、眼の前に咲き誇った女の花を凝視した。

清らかな花だった。

可憐な顔に似合わず、ヴィーナスの丘から流れこむように生い茂った繊毛が、割れ目はおろかアナルのまわりまで黒く染めている。にもかかわらず、その中心でぴったりと身を寄せあっているアーモンドピンク色の花びらは、まるで穢《けが》れを知らないかのようにくすんでいない。いやらしいのに清らかな色合いで、合わせ目からじんわりと滲んだ粘液さえ、澄みきった清水のようである。

「……こわい……こわいです」

両手で顔を覆った由奈が、全身を小刻みに震わせる。

「……大丈夫だよ」

神倉は顔も向けずに答えた。かまっていられなかった。ようやく露わになった女の花を、凝視することに夢中だった。

「や、やさしくしてください」

「ああ」

「お願いします、わたし……」

「わかってるさ」

「わたし……初めてですから……」

「……えっ？」

神倉は驚いて顔をあげた。

「わたし、ないんです……け、経験が……」

「経験がないって……まさか、ヴァージンってことかい？」

由奈は顔を覆った指を開いて眼だけを恥ずかしげにのぞかせると、こくんと小さく顎を引いた。

（ま、まさか……）

神倉は激しく動揺した。

いくら清純きわまりない由奈とはいえ、いまどきの二十歳の女子大生が、セックスしたことがないなんてことがあるのだろうか。

「う、嘘だろ？」

ひきつった笑みを浮かべると、

「嘘じゃないです」

由奈はいまにも泣きだしそうな顔で答えた。

「キスまではしたことありますけど、それ以上は……」

ということは、生まれたままの姿を男に見せたことも、これが初めてということになる。にわかには信じられなかったが、由奈が嘘をついているとも思えない。嘘をついたところで結合すればすぐにバレるし、いままでの羞じらい深すぎる態度も処女だからと考えれば腑《ふ》に落ちる。

「そ、そうか……セックスしたこと、なかったのか……」

一瞬にして、全身の血液が沸騰《ふっとう》していくような気がした。それくらい興奮した。神倉にはヴァージンの女と付き合った経験がなかった。だから若いころから、穢れのない、まっさらな女体とまぐわうことを、何度となく夢見ていた。

（こ、これが、処女の……）

M字に開かれた由奈の両脚の中心に、震える指先を伸ばしていく。

ヴィーナスの丘に茂る、綺麗な小判形の恥毛を撫でてみた。

猫の毛みたいに柔らかかった。

次第に指を、じわり、じわり、と割れ目の方へ近づけていく。

アーモンドピンクの花びらに触れると、くにゃりとした触り心地がいやらしすぎて、体の芯《しん》に電気ショックのような歓喜の衝撃が走り抜けていった。

「んんっ……んんんっ……」

ぎゅっと眼をつぶり、悶える由奈を眺めながら、人差し指で花びらを撫でた。小さいけれど肉厚で、弾力に富んだ花びらだった。それが巻き貝のように縮れて身を寄せあい、奥にある純潔の処女地をがっちりとガードしている。

左右の花びらに、親指と人差し指を添《そ》えた。痛くしないように慎重に、輪ゴムをひろげるように女の割れ目をくつろげていく。

「いっ、いやあああっ……」

由奈が悲痛な声をあげ、白い喉を突きだす。

神倉は息を呑み、薄闇に眼を凝《こ》らした。

アーモンドピンクの花びらの間から、つやつやと濡れ光る薄桃色の肉層がさらけだされていた。

ゼリーのような透明感のある、眼にしみるような清らかな色合いをしている。

けれどもさらに衝撃的なことがあった。

薄桃色の肉層の手前に、膣口を縁取る白いフリル状の薄い膜が見えたのだ。

（こ、これは……処女膜？）

部屋は石油ストーブの炎だけの薄闇だし、女性器はもともと曖昧《あいまい》な形をしている。だから真偽のほどは定かではないが、この白いフリルが処女膜に違いないという確信がこみあげてきた。処女膜が穴を完全に覆っていないことは知っていたし、いままで体を重ねた女の陰部にこんなものはついていなかった。

「うっく……」

由奈がつらそうに身をよじる。

「ご、ごめん」

興奮のあまり、割れ目をひろげすぎてしまったらしい。神倉はあわてて花びらから指を離した。

心臓が胸を突き破りそうな勢いで高鳴っていた。

おかしいくらいに呼吸が乱れ、荒ぶる鼻息が由奈の恥毛を揺らめかせる。

（まいったな……）

神倉は胸底でつぶやき、M字にひろげた由奈の両脚を閉じあわせた。由奈はすぐに体を丸めて神倉に背を向け、真っ赤に染まった顔を黒髪のなかに隠した。

由奈が処女だと知って、興奮が萎《な》えてしまったわけではない。むしろズボンの下の分身は痛いくらいに勃起しきって、ずきずきと熱い脈動を刻んでいる。大量に滲《にじ》みだしたカウパーのせいで、ブリーフの内側が気持ちの悪いほど濡れまみれている。

由奈を見た。

ミルクを溶かしこんだような白い肌、控えめな胸のふくらみ、丸みを帯びた尻、むっちりと量感のある太腿……。

　この初々しい肉体にむしゃぶりつき、処女を奪って精を吐きだすことができれば、いったいどれほどの快感が我が身に訪れるのだろう。想像するだけで身震いが起こり、息苦しいほどの興奮を覚えてしまう。

　だが——。

　このまま由奈の処女を奪ってしまうことに、言い知れぬ恐怖を感じてしまったことも、また事実だった。

　神倉には処女とまぐわった経験がない。そのせいかどうか、処女に対して必要以上に幻想を抱いているのかもしれなかった。

　どんなに取り澄ました顔をしていても、堅苦しい仕事に就《つ》いていても、人は誰しもセックスをする。ロスト・ヴァージンとは単にその最初の一回に過ぎず、処女イコール純潔というのはあまりにも古めかしい考え方に違いない。

　そう頭ではわかっていても、処女を特別なものに感じてしまうのだ。裏を返せば、処女に特別な欲望を覚えるタイプであり、処女を抱きたいという狂おしい欲求に、若いころはずいぶんと悩まされたものだった。

　しかし、いまの神倉は四十歳の妻帯者。由奈とは不倫の関係である。そんな男が二十歳の処女を奪ってしまうことに、恐怖にも似た罪悪感を覚えてしまう。

「あ、あのう……」

由奈がゆっくりと体を起こした。乱れた黒髪の向こうから、怖々《こわごわ》とささやきかけてくる。

「どうしたんですか？」

「あ、うん……」

神倉は気まずげに顔をそむけた。

「あの、わたしは……そのう……」

由奈の声は感極まって震えだし、それを抑えるように親指の爪を噛《か》む。

「初めてだから、したくないなんて言ってなくて……神倉さんなら……神倉さんならいいと思って、それで……」

「……わかってるさ」

神倉は必死になって笑顔をつくり、由奈の清潔な黒髪を撫でた。由奈は飼い主になつく猫のように、生まれたままの姿で神倉に身を寄せてくる。

神倉はまだ、ズボンもワイシャツも着け、ネクタイまで結んでいた。自分も生まれたままの姿になり、火照《ほて》った肌と肌をこすりあわせたかった。勃起しきった肉茎で二十歳の清らかな肢体を串刺しにし、穢れを知らない女陰の奥で、煮えたぎる男の精を思う存分しぶかせたかった。

だが、体が金縛りに遭ったように動かない。

苦渋に満ちた表情で、ただ由奈の黒髪を撫でることしかできない。

ズボンの下で勃起しきった分身だけが、悲鳴をあげるように熱い脈動を刻んでいる。

第二章　冬の海

会社の近くにあるバーで、神倉はひとり、ウイスキーのオン・ザ・ロックを嚙みしめるように味わっている。

考えているのは、澤口由奈のことである。

ここ数日、ひとりになって頭に浮かぶのは、四十路を過ぎた自分に処女を捧げてくれようとした、二十歳の女子大生のことばかりだった。

（結局、最後までできなかったな……）

妻の浮気事件で落ちこんでいたとき、思いがけず知りあうことができた由奈。一緒に食事をし、そのまぶしい笑顔を独占できるだけで心が癒された。好意を寄せてもらっていると気づいたときは、年甲斐《がい》もなく有頂天になった。アパートの部屋で服を脱がせることに成功したときは、天にも昇るような気持ちになり、「好きだよ」「可愛いよ」などと恥ずかしい台詞を連発してしまった。

由奈が処女であることなど気にせず、あのまま情事になだれこんでいれば、どうなっていただろう？

幸いにして、逢瀬《おうせ》のための部屋は用意されている。アルバイトの帰り道、由奈にあの部屋に寄ってもらえば、ぴちぴちの若いボディを思う存分堪能《たんのう》し、性の悦びに打ち震えることが、毎日のようにできたかもしれない。

由奈にだって、それなりにメリットはある。

不倫とはいえ、年上の男との落ち着いた恋愛は彼女の望むところのようだし、神倉の家庭はＤＩＮＫＳなので懐《ふところ》に余裕もある。同世代のボーイフレンドにはできない贅沢なデートやプレゼントをしてやることだってできる。

そんな関係は、きっと長くは続かない。

神倉が妻にバレることを恐れて別れを切りだしたかもしれないし、発展性のない不倫の恋に由奈が疲れてしまったかもしれない。

それでも、そこで味わうことができたものは、平凡な人生を歩んでいる冴《さ》えない中年男にとって、かけがえのない薔薇《ばら》色の思い出になったはずである。

（二十歳の処女か……）

神倉はバーテンを呼び、オン・ザ・ロックをおかわりした。由奈のことを考えて飲む酒は、いつもと酔い方が違った。頭の芯に甘い痺れが行き来して、体がふわふわと浮遊しているようだ。

携帯電話を取りだし、ここ数日、由奈から送られてきたメールを読んでみる。

――この前はとっても楽しかったです。

――また部屋に呼んでくださいね。

――ええっ？　今夜も会えないんですか……。

あの夜以来、神倉は由奈との逢瀬を自粛《じしゅく》し、喫茶店にも足を向けていなかった。仕事が忙しいことを理由にしていたが、本当の理由は別にある。由奈とどんなふうに接すればいいのか、態度を決めかねていたからだ。

生まれたままの姿にしておきながら、処女だとわかった途端に腰が引けてしまった神倉に対し、由奈は以前と変わらぬ態度でメールを送ってきている。また誘ってくださいと、嬉しい言葉までかけてくれている。

千載一遇の幸運と考えればいいのだろうか？　欲望のままにまっさらな二十歳の体を抱きしめ、快楽をむさぼってしまえばいいのだろうか？

（……んっ）

携帯電話がヴァイブし、メールの着信を知らせた。

由奈からだった。

——あれから会ってくれないの、もしかしてわたしのこと嫌いになったからですか？　悲しいです。でも、神倉さんが会いたくないなら、諦《あきら》めるしかないですよね。もうわたしからは連絡しません……。

体の芯に戦慄《せんりつ》が走った。

（由奈と二度と会えなくなる……）

想像すると、激しい恐怖が襲いかかってきた。あのまぶしい笑顔を二度と見ることができないと思うと、眼の前が暗くなっていきそうだった。


「気をつけて行ってこいよ」

土曜日の朝、神倉は自宅マンションの玄関先で妻の亮子《りょうこ》を見送った。

仕事用のパンツスーツに身を包んだ亮子は、旅行鞄を「んしょ」と持ちあげ、

「週末なのに、ごめんなさい。冷蔵庫に入ってるお肉と野菜、食べちゃって」

「ああ。久しぶりに自炊でも楽しむさ」

「それじゃあ行ってきます」

長い髪を翻《ひるがえ》して、颯爽《さっそう》と玄関から出ていった。

亮子は絵本の編集者をしている。仕事に生き甲斐を感じているタイプなので、週末にもかかわらず一泊二日の出張だ。神戸まで作家先生に会いにいくという。

（肉と野菜、どうするかな……）

神倉はぼんやりと考えながら、部屋着のパジャマを脱ぎ、ジーンズとブルゾンに着替えた。亮子にはああ言ったものの、この週末、料理をするつもりはない。これから由奈とふたりで、湘南《しょうなん》まで小旅行に出かけるのである。

もうわたしからは連絡しません、というメールを受けとった神倉は、それまでの迷いを振りきって、すぐに由奈にメールを返した。

――ごめん、ごめん。最近会えなかったのは、仕事が忙しかったからだよ。由奈ちゃんのことが嫌いになったわけじゃない。俺だって、会いたくて会いたくて仕方がなかったんだから……。

自分でも赤面するような甘い言葉を書きつけたうえ、ウイスキーの酔いが思いつかせたアイデアまで、付け足してしまった。

――よかったら、今度の土日、一緒に旅行しないかい？

由奈はすぐにメールを返してきた。

――嬉しいです。どこに連れていってくれるんですか？

——まだ寒いし、温泉なんかどうかな？

酔っていたので携帯電話の小さなキーを押すのが面倒くさかったけれど、バーのカウンターで酒を啜りつつそんなメールのやりとりをするのは楽しかった。人気のない山あいの温泉宿にふたりで行き、貸しきりの家族風呂にでもしっぽりと浸《つ》かるところを想像してはにやにやし、バーテンに不審《ふしん》な眼を向けられたりした。

ところが、温泉は由奈のお気に召さなかったらしい。

——わたし、海が見たいです。

由奈から返ってきたメールを見て、神倉は苦笑した。

コートの必要な季節なのに海が見たいとは、いかにも若い女の子らしいロマンチックな発想だ。初めての遠出が海とは少し気恥ずかしい気もしたけれど、神倉は了解のメールを返した。

妻に対する罪悪感が、なかったわけではない。

だが、それについては亮子のほうに前科がある。

半年前のことだ。

亮子が風呂に入っているとき、なんの気なしにのぞいた彼女の携帯電話。そこにはデートの約束としか思えない、男とのメールのやりとりが並んでいた。人の携帯電話をこっそりのぞいたことなどなかったが、第六感のようなものが働いたのかもしれない。

「……これ、どういうことだよ？」

自分のマナー違反を棚に上げて事情を問いつめると、亮子は浮気を認めたうえで「二度としないから許してください」と土下座《どげざ》して謝った。

プライドの高い亮子がそこまでしたことに神倉は驚き、たじろいだ。

亮子は神倉より四つ年下だが、頭の回転が速く、弁《べん》が立つ。それゆえ、人に頭をさげることが大嫌いなのだ。本人も欠点と認めているのだが、間違いを指摘されてすぐに謝ることができない。しかも、言い訳を取り繕《つくろ》うのがうまいので、謝らなくてもすんでしまうケースも少なくなかった。会社でもその調子らしいから、夫の神倉に対して謝ったことなどほとんどないのである。

その亮子が土下座とは……。

さらに、自分でも少なからずショックだったのだが、妻を寝取られたことへの怒りや哀しみより強く、怒ることへの面倒くささを感じてしまったのだった。

夫婦とはいえ、本を正せば赤の他人同士。どちらかが不義を犯し、諍《いさか》いになれば、辿《たど》り着く結論はひとつしかない。だが、離婚となれば、両親への説明、会社への報告、友人たちから会うたびに訊ねられる別れの理由……考えただけで気持ちが萎《な》えてしまう。子供はなかったけれど、実家の親同士の仲がよく、老後を過ごすためのマンションを隣同士で購入したばかりだったのも大きかった。

結局、メールではイニシャルで表記されていた相手の男の正体を問いただすこともできないまま、結婚生活はずるずると続いていた。神倉は心の傷を癒すため、会社と自宅の中間地点に安アパートを借り、退社後のひとときをそこで過ごすようになった。まるで「引きこもり」のような気分だった。

ところが、そのアパートの近所にある喫茶店で由奈と出会い、今度は自分が浮気をしようとしているのだから、人生はなにが起きるかわからないものである。

（バレたらそのときはそのときさ。土下座して謝り返してやればいいんだ……）

着替えをつめたバッグを持って、神倉は自宅マンションを出た。冷蔵庫の肉と野菜のことなどすっかり忘れて、心はすでに二十歳の女子大生との小旅行に大きく傾いていた。

季節はずれの湘南の海は、悪くなかった。

冬にもかかわらず、浜に出ると太陽がまぶしく、海ではウエットスーツを着たサーファーたちが元気に波乗りを楽しんでいる。

とはいえ、時折強い風が吹いてくると、やはり冷たい。

それも悪くなかった。

身をすくませたふたりの距離が、自然と縮まっていく。

「わたし、冬の海を見にくるのが夢だったんです……」

由奈がつぶやく。

「内陸で育ったから、冬の海って見たことがなくて」

由奈は北海道の真ん中あたりで生まれ育ったらしい。豪雪地帯と呼ばれるような地域で、大学入学のために上京してくるまで暮らしていたという。

「だったら、せめてもう少し綺麗なところに連れてきてやればよかったな」

神倉は苦く笑った。

湘南のビーチはお世辞にも綺麗とは言えなかった。

冬の空気は澄んでいるので遠く富士山や大島が望め、なだらかなカーブを描いた海岸線の向こうには、江ノ島《えしま》がぽっかりと浮かんでいる。その景色はドラマチックだったが、砂浜は灰色で、ゴミや海草が目立つ。

神倉は学生時代、沖縄の離島に旅したことがあった。珊瑚《さんご》が砕けてできた砂浜は真っ白に輝き、プライヴェート・ビーチのようにひとりで独占することができた。

あの足跡のない白い砂浜を、由奈に見せてやりたい。裸足《はだし》の由奈が、まぶしいほどに白い浜辺を元気に駆けまわっている姿が見てみたい。

（いや……）

自分にとって由奈こそがそんな存在なのかもしれない、と神倉は思った。裸に剝いた二十歳の素肌は、まさしく足跡のない真っ白い砂浜だった。

「……ごめんなさい」

由奈がコートの襟を合わせながら、上目遣いで見つめてくる。

「なんだか、いっぱい散財させちゃって……」

「気にすることないさ」

神倉は笑って首を振った。

「同世代の彼氏じゃないんだ、懐に余裕はある」

と続けようとしたが、それは少しいやらしい気がしてやめておく。

午前中に横須賀《よこすか》線で鎌倉《かまくら》まで出て、鶴岡八幡宮《つるがおかはちまんぐう》や小町《こまち》通りを散策し、稲村《いなむら》ヶ崎《さき》にあるフレンチレストランでランチをとった。そして海岸通りで見つけた小さなブティックでは、ハイビスカス柄のシックなワンピースをプレゼントした。

由奈はいちいち、

「グリーン車で行くんですか？」

「わあ、とっても素敵なレストラン」

「こんな高いワンピース、自分じゃ絶対買えません」

と驚いたり、感激したりしてくれた。

たしかに散財してしまったけれど、神倉は満足していた。自分でも稼ぎがある妻を感激させるためには、同じフレンチでも銀座《ぎんざ》や麻布《あざぶ》の一流店に連れていかなければならない。プレゼントなら、正規店で買ったブランドものが必要だ。それに比べれば、二十歳の女子大生を喜ばせるのはなんと他愛《たわい》ないことだろう。

「そろそろ行こうか……」

散財の締めくくりは、部屋から海が見えることが売り物のリゾートホテルだった。陽が落ちてしまっては景色が見えなくなってしまうので、早めにチェックインしたい。

「あのう……」

由奈が立ちどまり、ブルゾンの裾をつかんでくる。

「なに?」

「わたし……今日はきちんと覚悟してきましたから」

眼を伏せてつぶやいた由奈の言葉に、神倉の心臓はどきんとひとつ跳ねあがった。

覚悟というのは、処女を捧げる覚悟に違いない。

露骨な言い方をすればセックスしてもいいということであり、普通の男なら、飛びあがって喜びたい場面だろう。

けれども神倉の胸中は、複雑にざわめいていた。由奈を手放したくはない。それはわかっている。しかしまだ、由奈の処女を奪う覚悟まではできていなかった。

「うわあっ、すごい！」

ホテルの部屋に入ると、由奈は窓に駆け寄ってレースのカーテンを大きく開けた。高台から、湘南の海が一望できた。

「うむ、なかなかの絶景だ」

神倉も窓辺に進み、はしゃいでいる由奈に眼を細める。

きらきら光る水平線を眺めていると、ここが都心からわずか一時間で来られる場所であることを忘れてしまうほど見事な景色だった。しかも、一緒に泊まるのは二十歳の女子大生。平凡なサラリーマンにとっては、たじろぎそうになるほどの非日常感だ。

陽が暮れて、ディナーの時間になった。

プレゼントしたばかりのワンピースに着替えた由奈を、ホテルの館内にあるレストランにエスコートした。

ココア色の生地に白いハイビスカス柄。大胆に肩と腕を出したデザインはいささか季節はずれな気もしたが、リゾートホテルなのでそれほど浮かない。

「よく似合ってるよ。とても大人っぽくて」

ワイングラスを傾けながら神倉が褒めると、

「自分でもちょっと大人になった気がします。こういう服、持ってなかったから……」

由奈はうつむいて剝きだしの二の腕をさすった。照れているのか、それともワインの酔いのせいなのか、赤く染まった双頰が、胸さわぎを誘うほど可愛らしい。

（なんだか、新婚旅行にでも来たみたいだな……）

由奈が放つ若々しい色香が、そんな馬鹿なことを考えさせる。由奈は若くても、向かいに座っているのは冴えない中年男であり、精いっぱい若づくりしていても、まわりから見れば不倫の匂いを隠しきれないだろう。

（あと二十年……せめて十五年遅く生まれてくれれば……）

由奈と釣りあいのとれる男でいられただろうか。

いや、それでは年上好きの由奈はなびいてくれず、中年男にさらわれてしまうのを指を咥《くわ》えて見ていることになっただろう。神倉の学生時代にも、そういうタイプの女の子はたしかに存在した。

ふたりともほろ酔いになって席を立った。

部屋に戻ると、窓から見えていた海はすでに漆黒《しっこく》の闇に包まれていた。

ダークブラウンの間接照明が灯った室内は、どこまでも甘くムーディだった。

薄闇のなかで、自然と抱きしめあった。

食事の前、お互いシャワーを浴びたので、由奈のセミロングの黒髪からはさわやかなシャンプーの残り香が漂ってきた。

「ああ、いい匂いだ……」

神倉はうっとりとつぶやいた。シャンプーの残り香だけではなく、由奈自身のフェロモンも感じる。神倉にとって、由奈の黒髪の匂いは初々《ういうい》しい若さの象徴だった。

「今日こそ……由奈を女にしてください」

神倉の胸板に額を押しつけた由奈が、恥ずかしそうにつぶやく。

「神倉さんだって、そのつもりで旅行に誘ってくれたんですよね？」

「いや、それは……」

口籠《くちご》もりながらも、股間が熱く疼きだす。

神倉の言葉を待つ由奈にじっとりした上目遣いで見つめられると、そのあまりに無防備な表情に欲情を揺さぶられ、痛いくらいに勃起してしまった。ジーパンの前が大きく膨ら

んでしまい、それに気づいた由奈が、

「あっ……」

と、どぎまぎして腰を引く。

「ちょ、ちょっと座ろうか……」

由奈の手を引き、ベッドに腰をおろした。

「なんていうかね、由奈ちゃん……俺はこう思うんだ」

神倉は慎重に言葉を選びつつ、おずおずと切りだした。

「せっかく二十歳までヴァージンを守ってきたわけだろう？　だから、それを簡単に捨ててしまうのは、どうなんだろうって……」

由奈の顔が凍りついたように固まった。

「まさか神倉さん、抱いてくれるつもりもないのに、旅行になんて誘ったんですか？」

神倉は言葉を返せない。

「わ、わたしって……そんなに女として魅力がないんでしょうか……」

由奈はわなわなと唇を震わせ、両眼を悲痛に歪ませた。潤んだ瞳から、いまにも涙がこぼれてきそうだ。

「そ、そうじゃないんだ……」

神倉はあわてて由奈の小さな手を握りしめた。

「魅力がないなんてとんでもないよ。由奈ちゃんだってわかっただろう？　ほんのちょっと身を寄せあっただけで、大人げないほど興奮しちまって……」

苦笑いを浮かべて、自分の股間を見やる。ジーンズの硬い生地にもかかわらず、恥ずかしいほど高々とテントを張っている。由奈はその視線を追いかけてきたが、すぐに眼をそらして大きく息を呑んだ。

「俺だって抱きたいんだ。でも、それ以上に由奈ちゃんを大切にしたい。わかってくれよ。大切にしたいんだ……」

由奈はいまにも泣きだしそうな顔で唇を噛みしめ、そんなことを言わないでくださいと言いたげに、大きく首を振った。


耳が痛くなるような静寂が、甘い間接照明の灯った部屋を支配している。

このホテルは海から少し離れた高台に建っているので、波の音も聞こえてこない。

「怒らないで聞いてほしいんだけど……」

神倉はふうっと大きく息をついてから、言葉を継いだ。

「俺は由奈ちゃんを大切にしたい。由奈ちゃんのヴァージンを大切にしたい。これは嘘じゃない。でもね、一方で由奈ちゃんを抱きたいっていう気持ちもあって……」

由奈は押し黙ったまま、わけがわからないという眼つきで神倉を見つめてくる。

「だから、こういうのはどうだろう？　ABCでいうところの、Bまでするっていうのは。そうすれば由奈ちゃんはヴァージンのまま、メイクラブに近いことができる」

「……ABC？」

由奈は眉をひそめて首をかしげた。

Aはキス、Bはペッティング、Cはセックスを指すのだが、二十歳の由奈にはいささか古めかしい隠語だったらしい。神倉が意味を説明すると、由奈は合点《がてん》がいったようにうなずき、けれどもすぐに拗《す》ねたように唇を尖らせた。

「つまり……最後まではしてくれないっていうんですね」

「まあ、そう言われればそうだけど……」

再び部屋に重い静寂が訪れた。

由奈は何度となく息を呑み、それを吐きだし、視線を泳がせて逡巡《しゅんじゅん》していたが、

「……わかりました」

やがて、きっぱりした顔を向けてきた。

「神倉さんがそうしたいなら、それでいいです」

「……怒ったかい？」

「いいえ」

由奈は首を横に振り、

「正直に言えば、少し怖かったし……最初はすごく痛いっていうじゃないですか？」

「ああ」

「それに、わたしのことを大切にしたいっていう神倉さんの気持ち、すごく嬉しいし……だからいいです。Bまでで」

悪戯っぽく笑った。喫茶店のアルバイトで見せているまぶしいほどに陽気な笑顔とは違う、淫靡さが匂う笑みだった。

「ありがとう。わかってくれて」

神倉はベッドに座り直して由奈との距離を縮めた。

由奈は一瞬びくんとしたが、ゆっくりと体を預けてくる。

神倉はその華奢な肩を抱き、唇を重ねた。

「ぅんっ……ぅんんっ……」

したたかに口を吸われた由奈は、鼻を鳴らして可憐《かれん》にうめく。

その表情を眺めながら、神倉は動悸《どうき》が高まるのを禁じえなかった。由奈がそれほどゴネもせず、提案を受けいれてくれたことが嬉しかった。泣きだしたり、怒りだしたらどうしようかと、内心かなり冷やひやしていたのである。

そしてそれ以上に、これから始まることへの期待が全身の血を熱くたぎらせていく。

（ヴァージンの由奈は、Bってどんなことを想定してるのかな……）

ペッティングはペッティングでも、神倉はただのペッティングで終わらせるつもりはなかった。

この前はまさしくBどまりだったけれど、今夜はその清らかな二十歳の体を充分に愛撫したのち、射精まで果たすつもりだった。

挿入しないで射精まですするとなれば、当然、由奈にも男の体を愛撫してもらわなければならない。

手でしごいてもらおうか？

勃起したペニスを握りしめさせ、穢《けが》れを知らないその瞳に、男が欲望を迸《ほとばし》らせる瞬間を見せつけてやろうか。

あるいは、いま口づけを交わしている唇に放出したっていい。由奈がフェラチオに応じてくれるかどうかは定かではないが、もぎたてのサクランボのようなこの唇で遂げる射精を想像すると、身震いがとまらなくなってくる。

薄闇のなかで、ふたりは下着姿になった。

ベッドカバーを剝がし、ひんやりと糊《のり》の効《き》いたシーツの上に並んで体を横たえていく。

（この前はピンクのパンティだったけど……）

神倉は薄闇に眼を凝《こ》らした。

由奈は二十歳の女子大生にしてはいささか地味な、パステルブルーのパンティとブラジャーを着けていた。

とはいえ、四十路の神倉にとって、そのセンスは好ましい。

コットンの生地は清潔感にあふれ、淡いブルーの色合いは下着らしくひめやかで、臍《へそ》の下に遠慮がちについた白いリボンがひどくエロティックに見える。昨今流行りの、水着のように派手な下着は、ベッドインの衣装としては興ざめである。

神倉はブランドものの黒いブリーフで、勃起しきった肉茎をぴっちりと包みこんでいた。妻がセールで買ってくるトランクスでは格好がつかないと、会社帰りにわざわざデパートに行って買い求めたのだ。いい歳して見栄を張るなよ、と自分で自分を笑いながらも、どこか新鮮な体験だった。

「由奈ちゃん……」

身を寄せて、抱きしめた。初々しい処女の体は震えていた。

神倉はかまわず、ブラジャーの上からふくらみを揉みしだいた。

「んんっ……あああっ……」

わずかに上気した可憐な顔が、羞恥にひきつる。

神倉は背中のホックをはずし、カップをめくった。

どこまでも清らかな、りんごの果実のようなふくらみを取りだした。

「んんっ……」

やわやわと揉みしだくと、困惑を浮かべていた由奈の顔が、せつなげに歪んだ。

由奈の乳房を手にするのは、二度目だった。にもかかわらず、神倉の手はおかしいくらいに震えている。

（処女のおっぱいだ……俺以外、まだ誰にも触れさせたことがないんだ……）

前回揉みしだいたときは、由奈がヴァージンであることを知らなかったが、いまは知っている。どこまでも淡いピンクの乳首を口にすると、感激のあまり、眼尻に涙が滲《にじ》みそうになった。

「むうっ……むううっ……」

鼻息を荒らげて、左右の乳首が硬く尖《とが》りきるまで舐めしゃぶった。それから、下半身に手を伸ばし、ヒップの側からパステルブルーのパンティのなかに手のひらを入れて、脱がせてしまう。

「やあんっ……」

由奈が羞じらいに身をよじる。神倉はその足元に移動し、少女のようにつるりとした両膝をつかんだ。両脚を大胆なM字に割りひろげた。

「あああああっ……」

女の恥部をさらけだした由奈の姿に、神倉は大きく息を呑んだ。

おずおずとアーモンドピンク色の花びらに指を伸ばしていく。くにゃりとした卑猥な感触に身震いしつつ、人差し指と中指で合わせ目をひろげてしまう。

「くぅううっ……」

由奈のくぐもった悲鳴とともに、花びらの内側が露わになった。

指でつくったVサインの間に、薄桃色の肉層が見えた。どこまでも透明感のある色合いをひときわ際立てるように、つやつやと濡れ光っている。

（また、再会できた……）

神倉は眼を凝らし、薄桃色の肉層の手前にある、白いフリル状の膜をむさぼり眺めた。

一度眼にして以来、片時も頭から離れず、何度となく夢に見た処女膜だった。

「は、恥ずかしいです……そんなに見ないで……」

ひめやかな恥部をまじまじと凝視され、由奈は涙まじりの声をあげた。開いた太腿まで閉じようとしたので、神倉はあわててそれを押さえ、

「可愛いよ。恥ずかしがってる由奈ちゃん、とっても可愛い……」

うっとりとささやきかけながら、割りひろげた両脚の間に顔を近づけていった。

（た、たまらん匂いだ……）

由奈の女の匂いが鼻腔をくすぐった。

ねっとりと湿り気があり、むっとした熱気を孕《はら》んだ、獣の牝《めす》の発情臭。そこに、酸味の強いナチュラルチーズのような発酵臭がブレンドされている。

処女にもかかわらず、ずいぶんと匂う。

いや、処女だからこそ、これほど匂うのかもしれないと、神倉は思い直した。昔、雑誌かなにかで読んだことがある。処女は女陰を指でいじられることに慣れていないから、風呂に入ってもよく洗わないらしい。

「ああんっ、いやあんっ……」

神倉があまりにくんくんと鼻を鳴らすので、匂いのもとである由奈は真っ赤になって顔をそむけた。男にとっては本能を揺さぶるフェロモンでも、女にとっては恥ずかしすぎる

体臭なのだろう。

「可愛いよ、由奈ちゃん……」

神倉は自分でも恥ずかしくなるほど甘い声でささやきつつ、処女の芳香を胸いっぱいに吸いこんだ。唇を肉の合わせ目に近づけていくと、

「あ、あのっ……」

由奈が焦《あせ》った声をあげた。

「な、舐めるんですか？」

「そうだよ」

「や、やめてください……そんなところ汚いです……」

「そんなことないさ」

「で、でも……だって……あふっ！」

神倉がかまわず割れ目に口づけをすると、由奈は総身をきつくのけぞらせた。

（汚くなんて、あるもんか……）

くにゃくにゃした花びらを唇で感じながら、神倉は胸底でつぶやいた。

ほとんど恍惚《こうこつ》としていた。

たとえ天使に口づけをされても、これほどの感動は覚えないだろう。

なにしろ、この体のこの部分に口づけをした男は、誰もいないのだ。自分はいま、ヴァージンの女陰にキスをしているのだ。

「むうっ……むううっ……」

荒ぶる鼻息でヴィーナスの丘の若草を揺らしながら、ぬるりと舌を差しだした。じんわりと湿った肉の合わせ目を、下から上にゆっくりと舐めあげていく。

「ああっ……あああっ……」

生まれて初めて知る淫らな刺激に、由奈が悶絶《もんぜつ》する。性感を揺さぶる刺激とともに、身を焦がすような羞恥も感じているに違いない。

神倉は舌先を使って、アーモンドピンクの花びらをぺろりとめくった。鮮やかな朱色に染まった内側に、ねろり、ねろり、と舌を這わせた。酸味の強い独特の味が舌をぴりぴりと痺れさせ、頭の芯まで痺れていく。

「はっ、はっ、はっ……はぁあああああーっ！」

由奈の呼吸が一足飛びに速くなり、声音も甲高くビブラートする。

「むうっ、おいしいよ……由奈ちゃんのここ、とってもおいしい……」

神倉はうわごとのように言いながら、くなくなと舌を躍らせた。

痛くしないように丁寧に、花びらを左右に開いていく。経験がないせいか、ぱっくりとは開けなかったが、間から顔をのぞかせた薄桃色の粘膜は透明感にあふれ、どこまでも清らかだ。その清らかさを味わうように、ねちっこく舌を這わせていく。

「んんんーっ！　くぅううぅーっ！」

悶える由奈は何度となく両脚を閉じようとしたけれど、神倉は肉づきのいい太腿を強い力で押さえこみ、ぴちぴちした処女の粘膜を夢中になって舐めまわす。

「ああっ、いやっ……も、もう許してくださいっ……お願いですっ……」

生まれて初めてクンニリングスを受けた由奈の肢体は、生々しいピンク色に染まりきり、やがて甘い匂いのする汗をじっとりと浮かべた。

（なにが許してくださいだ……）

神倉は内心、にやりと笑みをもらした。

相手がヴァージンなのでごくソフトな舌使いを心がけたが、それでも女の割れ目からは発情のエキスがしとどにあふれてくる。

とくにクリトリスが敏感だった。包皮の上から軽く舐め転がしただけで、花蜜の量が倍増した。

とはいえ、神倉にも我慢の限界が迫っていた。ブリーフの下の分身が、刺激を求めて悲鳴をあげている。

「……あふっ」

女の割れ目から口を離すと、ブリッジするようにのけぞっていた由奈は崩れ落ち、シーツの上で五体を弛緩《しかん》させた。眼をつぶり、ハアハアと息をはずませて、両脚を小刻みに痙攣《けいれん》させる。

「さあ、交代だよ……」

神倉は興奮に全身を熱くたぎらせながら黒いブリーフを脱ぎ捨てた。

「今度は由奈ちゃんがしてくれる番だからね」

はちきれんばかりに勃起しきった肉茎が、唸《うな》りをあげて反り返った。興奮しすぎて燃えるような赤黒さに変色した亀頭が、鬼の形相で天井を睨みつける。

「やっ……」

横眼でペニスを見た由奈は、さっと顔をそむけた。

神倉は自分でもいささか驚いてしまった。まるで二十代に戻ったかのような、勇ましい勃ちっぷりである。

「ほら、よく見てごらん」

膝立ちになり、仰向けで息をはずませている由奈の顔に、男の欲望器官を近づけていく。

「ううっ……」

生々しく上気していた由奈の顔が、悲痛にこわばった。

「こ、これが……男の人の、ものなんですね……」

「初めて見たかい？」

由奈はこくんと顎を引く。

「感想は？」

「なんだかこわい……思ってたより、ずっと大きい」

「でも、慣れなくちゃな」

神倉は汗ばんだ由奈の黒髪をやさしく撫でた。可憐な処女の瞳に、そそり勃つみずからの分身を見せつけていることに身震いするほど興奮していた。

「今夜はロスト・ヴァージンしなくても、いずれはこれを両脚の間に迎え入れるんだからね……触ってごらん」

「えっ……」

由奈が身をすくめる。

「大丈夫だよ。みんなやってることなんだから……」

神倉は震える由奈の手を取り、勃起しきったおのが分身に導いていく。

「ああぁっ……」

小さな手のひらを根元のほうに巻きつけると、由奈は啞然としたように眼を見開き、口を四角形にひろげた。

「こ、こんなに硬いものなんですか……」

「ああ」

「それに、熱い……手のひらが火傷《やけど》しそう……」

このときの由奈の表情の変化を、神倉は一生忘れないだろう。

生まれて初めてペニスを手にした由奈の顔は最初、畏怖《いふ》と驚愕《きょうがく》にこわばりきっていた。

しかし、数秒も経たないうちに、うっとりと眼を細めたのである。

獣の牝の本能なのか、神倉に対する好意の発露《はつろ》なのか、理由はわからない。

だが、うっとりと眼を細めた由奈は、微笑んでいるようにすら見えた。ほんの一瞬のことだったけれど、由奈が怖がるばかりだと思っていた神倉は虚を衝《つ》かれ、大きく息を呑みこんだ。

神倉はベッドの上に仁王《におう》立ちになった。

もちろん全裸だ。

四十歳という年齢を忘れてしまったかのように隆々とそそり勃った分身が、愛撫を待ちかねてずきずきと熱い脈動を刻んでいる。

「ほら。怖がらないで、握って……」

足元に正座している由奈もまた、生まれたままの姿だった。

剝きだしの乳房や恥毛を羞じらうように背中を丸め、せつなげに眉根を寄せて、おずおずと男の器官に手を伸ばしてくる。

（一度、こうして舐めてもらいたかったんだ……）

神倉は由奈を凝視しながら、ふうっ、と熱い吐息を吐きだした。

AVなどでは、仁王立ちになった男に女がひざまずいて口腔奉仕をするのは定番プレイであるが、実際にしてもらうのはなかなか難しいものだ。

おそらく、どこか男尊女卑的な匂いがするからだろう。妻の亮子にも、若いころ付き合っていた女にも、そんなことを言い出せる雰囲気はなかった。

しかし、由奈はなにも知らない二十歳の処女。これが普通のやり方だというふうにリードしていけば、ためらいながらも受けいれてくれる。震える指先で、勃起しきった肉茎の根元をそっと包みこんでくる。

「さあ、舐めて」

「は、はい」

由奈はうなずき、喉仏《のどぼとけ》のない白い喉をごくりと鳴らして唾《つば》を飲みこんだ。

「んっ……んあっ……」

綺麗なピンク色の舌を差しだし、亀頭に近づけてくる。生まれて初めてフェラチオをする緊張感からか、それともペニスからむんむんと漂っている男性ホルモンの匂いのせいか、可憐な顔がひきつりきっている。

「んんっ！」

亀頭の裏側をひと舐めすると、由奈は驚いたようにすぐに舌を離した。苦い！という心の声が聞こえてきそうだ。

（むうっ、なんてつるつるした舌なんだ……）

神倉は感動に気が遠くなりかけた。由奈の舌がたまらなくなめらかなのはキスのときにも感じたことだが、性器で味わうとまた格別である。

「ほら、もっとちゃんと舐めて。俺だって由奈ちゃんの感じるところ、たくさん舐めてあげただろう」

励ますように黒髪を撫でると、由奈はもう一度ピンク色の舌を差しだした。ペニスをつかんだ手だけではなく、舌も縮こまって震えていた。それでも必死に顔を寄せ、亀頭の裏をねちりっと舐めあげる。

「むううっ！」

神倉は唸り、ぐんっと腰を反《そ》らせた。痺れるような快美感が、ペニスの先端から体の芯に伝わり、頭のてっぺんまで突き抜けていく。

つるつるした舌の感触もたまらなかったが、いまにも泣きだしそうな由奈の表情に、激しく欲情を揺さぶられた。

それが他ならぬ、処女の証《あかし》であるからだ。他の男の味を知らないまっさらな舌で、いま自分の分身を舐めてくれているのだ。

「んっ……んんっ……」

由奈は鼻を鳴らしながら、懸命《けんめい》に舌を躍らせた。亀頭の裏から表面にかけて、ぺろり、ぺろり、と唾液《だえき》の光沢をまとわせてくる。

「あ、あの……」

亀頭の先端をちらりと眺めた由奈は、

「さ、先っぽから、なんか出てきました……」

我慢汁が噴きこぼれている様子に怯え、優美なアーチを描いた眉を八の字に垂らす。

「感じてる証拠だよ」

「そう。男だって感じれば濡れるんだ」

神倉は全身を喜悦に震わせながら、由奈の黒髪をくしゃっと乱した。

「そ、そうだったんですか……」

由奈は驚いたように眼を丸くし、けれどもすぐに限界まで細めて、もう一度ピンク色の舌を伸ばしてきた。ゆっくりだが着実なペースで、ぺろり、ぺろり、と亀頭を舐めまわした。次第に要領を得てきて、舌だけが別の生き物のようにうごめきだす。

「むうっ、いいよ……」

神倉は熱い吐息とともにささやく。

「すごく気持ちいいよ……舐めながら根元をしごいてくれると、もっといい……」

「んんっ……んああっ……」

由奈は鼻先であえぎながら、神倉の願いを忠実に実行してくれた。亀頭をねろねろと舐めまわしつつ、小さな手筒をしこしこと前後に動かしはじめる。

ペニスの上半分はすでに、由奈の唾液と先走り液でびしょ濡れであり、由奈が手筒を動かすたびに、にちゃにちゃと卑猥な音がたった。

（た、たまらないよ……）

生まれて初めてフェラチオをする由奈にはテクニックなどなにひとつなかったけれど、初々しい舌先の感触に勃起しきったペニスが爆発してしまいそうだ。ひと舐めされるたびに、びくんっ、びくんっ、と痙攣し、先端から熱いカウパーを噴きこぼす。

「な、なあ、由奈ちゃん……」

神倉は息を乱しながらささやいた。

「そろそろ咥えてくれないかな」

「えっ？」

由奈は神倉の顔とそそり勃つ分身を交互に見た。

「咥えるって……これをですか？」

「そうだよ」

「そ、そんな……」

泣き笑いのような顔になり、すがるように神倉を見上げる。

「大きすぎて口に入りませんよ……」

「大丈夫だって。みんなやってることなんだから」

「嘘です、そんな……」

「嘘じゃない。いきなり全部は無理でも、先っぽだけでもやってみて」

「でも、こんなの……」

由奈はためらいつつも、恐るおそる唇をOの字に割りひろげた。限界までひろげても小さすぎる口で、懸命に亀頭を呑みこんだ。

「むぅうっ……」

生温かい口内粘膜の感触に、神倉はきつく腰を反らせた。もっと深く咥えてもらいたかった。

由奈の初めてのフェラチオで、興奮しきったカリ首は傘を開ききっている。少し酷な気もしたが、両手で頭をつかみ、むりむりと口唇に分身を押しこんでいく。

「んぐっ……んぐぐっ……」

由奈は眼を白黒させてこれ以上は無理だと訴えてきたが、神倉は許さなかった。

「お、男のオチ×チンはね……く、くびれたところが一番感じるんだ……だからもう少し……もう少しだけ頑張って……」

ぷりぷりした唇の裏側で、カリのくびれをぴっちりと包みこませた。

「んっ、んぐぅうーっ！」

「ああ、気持ちいいよ……そのまま根元をしごいて……口のなかで舌を動かして……」

事細かに指示を出し、処女の口唇を味わっていく。

「んぐっ……んぐっ……」

由奈は鼻奥で悶《もだ》えながらも、必死になって神倉の要望に応えようとした。根元をしごき、カリ首を包んだ唇を収縮させた。

ほとんど涙眼になって、苦しげに眉根を寄せながら口内で舌を使ってきた。可哀相だが、たまらなくそそる表情である。

「むうっ……むううっ……」

神倉は我慢できなくなり、由奈の小さな頭を両手でつかんで腰を使いだした。根元まではとても呑みこめそうもないので、亀頭から竿の半分ほどを抜き差しした。

(た、たまらん……たまらないよ……)

凶暴なほど張りつめたカリのくびれで唇をめくりあげる感触が、ぞくぞくするほど気持ちいい。

「んぐっ……んんんんっ……」

まともに呼吸ができないせいか、あるいは摩擦を少なくする本能が働いたのか、由奈は口内で大量の唾液を分泌させはじめた。

勃起しきったペニスを抜き差しするほどに、ずちゅっ、くちゅっ、と音がたち、引き抜くときに、よだれがあぶくとなって隙間からあふれだした。

神倉は夢中になった。

あっという間に射精の予感が迫ってきた。

「おおおっ、由奈ちゃん……」

首にくっきりと筋を浮かべて声をかける。

「こ、このまま出すからね……お口に出すからね……」

顔が火を噴きそうなほど熱くなり、両膝ががくがくと震えだした。眼も眩《くら》むような恍惚の予感が身の底から迫《せ》りあがってきて、肉竿がひときわ野太く膨張していく。

「だ、出すよっ……由奈ちゃんっ……お口に出すよっ……」

ところが、いまにも射精の発作が始まりそうになったその直前、つい腰を激しく振りたててしまい、喉奥を突いてしまった。

「んぐっ……んぁあああっ……」

耐えられなくなった由奈が、ペニスを吐きだし悶絶する。

「ううぅっ……ご、ごぉめぇんなはいっ……」

ごめんなさいと言ったつもりらしいが、フェラチオで開いていた口を閉じることができないので、うまく言えない。

「ダ、ダメだ、もう出るっ……」

射精寸前で刺激をとりあげられた神倉は、そんなことにはかまっていられなかった。

「ゆ、由奈ちゃん……しごいて……しごいてくれ……おおおおーっ！」

根元をつかんだ由奈の手を上から押さえつけながら、煮えたぎる欲望のエキスをしぶかせた。

「き、きゃあああっ……」

どぴゅどぴゅと噴出する白いつぶてを顔に受け、由奈が悲鳴をあげる。

「おおおっ……おおおおっ……」

神倉は喜悦に歪んだ声をもらしながら、長々と射精を続けた。

途中でやめることなど、とてもできなかった。

（お、俺の精子が……由奈の顔に……）

どくんっ、どくんっ、と白濁のエキスを迸らせるたびに、身をよじるような快美感が体の芯を走り抜けていく。

手でしごかれているだけにもかかわらず、痛烈な射精が怒濤《どとう》の勢いで続いた。穢れを知らない処女の顔面に、白濁のつぶてが次々と着弾していく。優美なアーチを描いた眉も、閉じた瞼《まぶた》も、長い睫毛も、小高い鼻から頬や唇に至るまで、湯気が立ちそうな灼熱《しゃくねつ》のザーメンでどろどろに汚していく。

第三章　迷い道

「これ、本当に着るんですか？」

由奈が困った顔で首をかしげた。手にしているのはコーラルピンクのエプロン。胸当てがあって、裾はフリル状になった可愛らしいデザインのものだ。いつも喫茶店のアルバイトで使っているエプロンに似たものを、神倉が買ってきたのである。

「しかも……服を脱いで着るんですよね？」

「頼むよ」

神倉は拝むように両手を合わせた。

「馬鹿馬鹿しいと思うだろうけど、ちょっとした夢なのさ、おじさんにとっては」

「もう、神倉さんはおじさんじゃないですぅ」

由奈はぷうっと頬を膨らませてむくれた。

「年は離れてても、わたし、神倉さんのことおじさんなんて思ってないですからね」

「そ、そう？」

「そうですよう」

冬の湘南旅行から、二週間ほどが経過していた。

あの旅行以来、ふたりの距離は急接近した。

結合はせずともお互い一糸《いっし》まとわぬ裸になり、快楽を分かちあったのだから、当然かもしれない。由奈にとって神倉は、特別な男であろう。なにしろ、生まれて初めて裸身をすみずみまで、女のいちばん恥ずかしい部分まで見せた相手だし、お互いの性器の味や匂いまで確認しあった仲なのだ。

あの夜、神倉は図らずも、由奈の顔に欲望のエキスをぶちまけた。最後の一滴まで漏らしおえ、快感の余韻が急速に去っていくにつれ、急に申し訳ない気持ちになった。女の命である顔に、ましてやまだヴァージンである二十歳の女子大生に、顔面シャワーはいささかひどすぎるだろう。

だが、由奈は怒らなかった。

泣きだしたりもしなかった。

生まれて初めて目の当たりにした射精にひどくびっくりしていたけれど、神倉を恍惚に導けたことに満足しているようだった。処女とはいえ、女の本能がそんな境地に立たせたのかもしれない。

旅行から帰ってくると、由奈はアルバイトを終えたあと、神倉のアパートに足繁く通ってきてくれるようになった。

毎日のようにオーラルセックスを愉しんだ。

神倉には、由奈と会うたびに自分が若返っていく実感があり、相手が二十も年下の女子大生とは思えなくなってきた。

逢瀬の場所が、六畳ひと間の安アパートだからかもしれない。貧しいけれど甘ったるい、若い夫婦の新婚生活のような気分が味わえた。四十歳の妻帯者のくせに、自分の半分しか生きていない愛人に甘えるような声を出し、「裸エプロン」のような卑猥なプレイに付き合わせようとしているのも、そんな気分がエスカレートしたからである。

「な、早くやって」

「もう、神倉さんのエッチィ……」

由奈は背中を向けてのろのろと服を脱ぎだした。セーターにミニスカート、そしてパンティストッキング。さらには、レモンイエローのブラジャーを取り、揃いのパンティも脱いでいく。ぷりんとしたヒップの丘が剝きだしになると、そそくさとコーラルピンクのエプロンを着けて振り返った。

「これでいいですか？」

首をすくめた上目遣いが、たまらなく可愛らしい。

「ああ、すごくいい」

神倉はまぶしげに眼を細めた。エプロンの裾からのぞく太腿がひどくむっちりして、興奮の身震いを誘う。無防備に露出された肩や腕も、控えめに盛りあがった胸当ても、想像以上に悩殺的だ。

「こっちに来て」

もじもじしている由奈の手を取り、流しに向かう。部屋の隅にある簡素なキッチンだったが、それでも裸エプロンで流しに手をつかせると、神倉のテンションは一気に急上昇した。

「可愛いよ。由奈ちゃんみたいな女の子と結婚できる男は、幸せ者だなあ」

「へ、変なこと言わないでください」

「本当だって」

自分が二十歳の若妻を娶《めと》った気分で、もぎたての桃の果実のようなヒップに、そろそろと手を伸ばしていく。

「あんっ！」

恥ずかしげに体を伸びあがらせる由奈は、まだ清らかな処女だった。

神倉は後ろから抱きしめ、エプロンの胸当てに隠された双乳を両手でつかんだ。ブラジャーに守られていないふくらみを、やわやわと揉みしだいた。しっかりと糊《のり》の効いたエプロンの生地が、ふくらみの柔らかさを際立たせる。

「ああっ……はぁああっ……」

「気持ちいいかい？」

神倉は耳元でささやき、双乳を熱っぽく揉みしだく。

呼吸をはずませる由奈の首筋に舌を這わせ、白いうなじにキスをする。清潔な黒髪の匂いを嗅ぎながら片手をヒップに移動させ、尻の桃割れを指でなぞりたててやる。

「ああんっ、いやあっ……」

由奈は必死になって太腿を閉じ、指の侵入を拒もうとしたが、その奥のひめやかな部分からは、むっと湿った熱気が漂ってきた。

（ずいぶん、感じやすくなったみたいだ……）

指にからみつく妖しい熱気に、神倉は胸を躍らせた。

処女とはいえ、この二週間、毎日のようにペッティングとオーラルセックスを続けてきたのだ。健康な二十歳の体は、どうやら順調に性感を発達させているらしい。

「脚を開いて」

「んんっ……んんんっ……」

由奈は生々しく上気した細首を振りつつも、閉じあわせた太腿から次第に力を抜いていく。尻の桃割れをなぞっていた神倉は、その中指をするりと奥まですべりこませた。

「あああっ！」

後ろから敏感な部分をまさぐられた由奈は悲鳴をあげ、全身を伸びあがらせる。

「……濡れてるじゃないか」

中指に淫らなぬめりを感じ、神倉は卑猥な笑みをこぼした。

「い、言わないでくださいっ……」

羞じらいに身をよじる由奈をきつく抱きしめ、ねちっこく中指をうごめかせる。ごくソフトな、くすぐるような触り方だ。それでもやがて、くにゃくにゃした花びらの合わせ目が自然にほつれ、とろみのある蜜が滲みだしてきた。

（なんて濡れ方だ……）

いま中指でいじっている花びらの奥には、眼に焼きついて離れない、あの白いフリル状の処女膜があるのだ。にもかかわらず、これほどまでに発情のエキスを漏らしている。その事実が、四十路の神倉を狂おしい興奮に駆りたてる。

(処女の恥蜜か……)

桃割れから中指を抜いて確認すると、指がてらてらと濡れ光っていた。しゃぶりついて、ほんのりと酸っぱい味に舌鼓を打ってから、今度はあらためて、中指と人差し指で左右の花びらを割りひろげていく。

「いっ、いやあああっ……」

羞恥に歪んだ声とともに、熱湯のような蜜がしとどにあふれた。それをまぶすように指を動かせば、みるみる指が泳ぐほどに濡れまみれ、尻の桃割れの間から獣じみた発情臭がむんむんと立ちのぼってくる。

「いやらしいな、由奈は……ヴァージンのくせにこんなに濡らして」

「やあんっ、神倉さんのせいです……神倉さんのっ……」

神倉は右手で女陰をいじりまわしながら、左手で尻の双丘を揉みしだいた。

再びエプロンの胸当てに手を伸ばせば、乳首がぽっちりと硬くなっているのが薄い生地越しに伝わってきた。乳首ごと、ふくらみをまさぐった。

どこもかしこも、極上の触り心地だった。触っているだけで、気が遠くなるような愉悦を覚えてしまう。

「ああんっ、ダメッ！　もう立ってられませんっ！」

由奈が流しの縁にしがみつき、両膝をがくがくと震わせる。本当に腰が砕けてしまいそうだったので、神倉は女体を支えて布団の上まで運んだ。

「わたし……最近、おかしいです……」

由奈はハアハアと肩で息をしながら、淫らなまでに紅潮した顔を向けてくる。

「自分の体が……自分のものじゃないみたい……やあんっ！」

欲情に戸惑う二十歳の両脚を、神倉はM字に割りひろげた。エプロンの下から小判形の草むらが現われ、アーモンドピンク色の花びらが匂いたつような光沢をまとっていた。控えめに生えた茂みのなかに、珊瑚色のクリトリスが見えた。包皮からわずかに顔をのぞかせて、つやつやと妖しく輝いていた。

ぴちゃぴちゃと猫がミルクを舐めるような音が、石油ストーブの炎だけが灯った薄暗い六畳間に響いている。

音は単独ではなかった。神倉と由奈は横向きのシックスナインに淫していた。

神倉は全裸になっている。

由奈は裸身にピンクのエプロンを着けたままの悩ましい格好だ。

「んんんっ……あああっ……」

由奈が股間の刺激に悶えながら、握りしめたペニスを舐めしゃぶる。小さな唇を必死にひろげて、亀頭に吸いついてくる。男がもっとも感じる部分だと教えてやったカリ首を、唇の裏側でキュッキュとしごく。

(むむっ。由奈のやつ、フェラにもずいぶん慣れてきたな……)

処女を奪わずに快楽だけを分かちあいたいと神倉が望み、由奈がそれを受けいれた結果、シックスナインがふたりのフィニッシュの定番になった。

神倉はいままで、これほど熱くオーラルセックスに溺れたことがない。

付き合っていた女たちが揃って苦手だったせいもあるし、神倉自身も結合に重点を置いていた。しかし、シックスナインにはある意味セックスそのものを超える愉悦がひそんでいた。

舌や唇や指は、性器よりもずっと自由に動かせるので、相手の興奮がより生々しく伝わってくるのだ。

神倉が穢れを知らない女陰にねちゃねちゃと舌を這わせていけば、由奈は熱烈なフェラチオで応えてくれる。二十も年上の男への好意と、粘膜を舐めまわされる歓喜を伝えるために、つるりとなめらかな舌を懸命に躍らせる。

もちろん神倉も、ペニスを舐めてくれるお返しに、ますますいやらしくクンニリングスにのめりこんでいく。

クリトリスを舌で転がし、粘膜からあふれた花蜜を、じゅるっと音をたてて啜《すす》りたてる。小ぶりな花びらを口に含み、味も匂いもなくなるまでしゃぶりまわしていく。お互いに刺激を高めあう淫らな上昇のスパイラルが、四十路に足を踏み入れた神倉を、かつてない興奮へといざなうのだ。

「あっ、あぁうううぅーっ！」

由奈がペニスを吐きだして、感極まった悲鳴をあげた。クリトリスの包皮を剝いたり被せたりの刺激に耐えられなくなったらしい。

（むううっ、こんなに大きくふくらんで……）

ヴァージンの清らかな体にもかかわらず、クリトリスがずいぶん鋭く尖るようになった。反応も同様だ。初めてのベッドインのときは包皮の上からいじっているだけで苦しがったのに、いまでは剝き身を舌で転がせるまでになっている。そうしてやると、由奈は総身をくねらせて悶絶し、むっちりした太腿を波打つように震わせる。

「気持ちいいのかい？」

震える太腿をぐいぐいと割りひろげながら、剝き身のクリトリスを舐め転がすと、

「あううっ……ダ、ダメですっ……そんなにしたらっ……」

由奈は悶え泣きながら、握りしめたペニスを必死にしごいた。

「ダメダメダメッ……おかしくなるっ……おかしくなっちゃうっ！」

「イクのか？　由奈ちゃん、イッちゃいそうなのか？」

神倉は興奮に声を震わせた。

ふたりのオーラルセックスは神倉の射精がゴールで、由奈がオルガスムスに達したことはまだない。しかし、どうやらそのときが迫っているらしい。

「むむっ……」

獰猛《どうもう》な蛸《たこ》のように尖らせた唇を、クリトリスに押しあてた。包皮の上からチュウチュウと吸いたて、舌先でつつきまわす。

「いやいやいやっ……そ、そんなにしたら、イッちゃうっ……わたし、イッちゃいますううーっ！」

切羽つまった声をあげ、欲情の汗にまみれた肢体をきつくのけぞらせる。一瞬、全身を硬直させ、次の瞬間、びくんっ、びくんっ、と腰を跳ねさせた。

「イイクイクイクウーッ！　イッちゃううううーっ！」

オルガスムスを迎えた由奈は、叫びながらも神倉のペニスをしたたかにしごいた。歓喜の極みを伝えるように、唾液にまみれた肉の竿を猛スピードでこすりたてた。

全身がぶるぶると震えだし、神倉にも我慢の限界が訪れた。

「むううっ！」

処女のクリトリスに唇を押しつけたまま、煮えたぎる男の精を放出した。どぴゅっ、と音さえ出そうな勢いで、欲望のエキスをしぶかせた。

「おおおっ……おおおおおっ……」

「はっ、はぁあああああああっ……」

横向きのシックスナインでからみあったふたつの体が、射精とアクメの衝撃にくねりあう。由奈の悲鳴と神倉の唸りが、石油ストーブの炎が照らしだす六畳間を、どこまでも淫らな色に染めていく。

やがて静寂が訪れた。

神倉は気怠《けだる》い体を起こし、由奈の顔を見た。白濁の粘液でどろどろに汚れていた。アクメの恍惚で我を失い、唇で受けとめ損ねたらしい。

「ははっ……また顔面シャワーやっちゃったな」

神倉は苦笑をもらした。

由奈は眉間に深い縦皺《たてじわ》を刻んだまま、きつく瞼を閉じている。白濁液が瞼にかかってい
（も、もうダメだっ……）

るので、迂闊《うかつ》に開けると眼に入ってしまうのだ。

神倉がティッシュで拭ってやろうとすると、「ひっ、ひっ」と喉を鳴らして嗚咽をもらしはじめた。

「そんなによかったのかい？」

歓喜の涙かと思ったら、どうやらそうではないらしい。白濁液をすべて拭いおえても泣きやまず、嗚咽がどんどん本格化していく。

「おいおい、どうしたんだよ？」

神倉は汗ばんだ黒髪を撫でながらささやいた。

「イッちゃったんだろう？　気持ちよかったんだろう？　泣くことないじゃないか」

「わ、わたし……」

由奈は「ひっ、ひっ」と喉を鳴らしながら答えた。

「わたし、こんなのもういやです……恥ずかしい……舐められてイッちゃうなんて、恥ずかしすぎます……」

「どうして？」

神倉は苦笑した。

「僕は嬉しいよ。僕が舐めて由奈ちゃんがイッてくれて、こんなに嬉しいことはないんだけど……」

「神倉さん……」

由奈が涙に潤んだ瞳で見つめてくる。

「どうして普通に抱いてくれないんですか？　神倉さんは由奈の処女を大事にしたいって言ってくれましたけど……やっぱりこんなのつらすぎます……」

嗚咽が高まった。

「お願いですから、由奈を女にしてください……ヴァージンをもらってください……わたし、どんなに痛くても我慢しますから……」

必死になって哀願してくる姿に、神倉は息を呑んだ。身を寄せて抱きしめてやると、由奈は神倉の胸に顔を押しあて、手放しで泣きじゃくった。

（ああっ、なんて可愛いんだろう……）

二十歳の女子大生に泣きながら処女を奪ってほしいと頼まれている状況を、神倉は心の底から満喫《まんきつ》していた。由奈には申し訳ないけれど、穢れなき生娘《きむすめ》を舌先だけで絶頂させ、その余韻で熱く火照っている体を抱きしめていることが、たまらなく心地いい。

「お願いです、神倉さん……わたしを女に……」

「わかった、わかったよ……」

「うんんっ！」

神倉は泣きじゃくる由奈と、唇を重ねた。舌をからめ、甘酸っぱい唾液を啜ると、射精したばかりだというのに、新たな欲望がむくむくと頭をもたげてきた。


翌日は週末の金曜日だった。

神倉は仕事を早めに切りあげて新宿のデパートに向かった。

由奈にプレゼントを買うためである。

昨夜の情事のあと、「ヴァージンをもらってください」と泣きながら哀願してきた由奈に、神倉はいちおう「わかった」と答えたものの、その後ひとりになって考えた結果、やはりそんなことはできやしないという結論に達した。

神倉が由奈に執着《しゅうちゃく》している理由はいくつかあるけれど、彼女がヴァージンであることが、いまやその最たるものだった。

単なる性欲処理ならたぶん、旅行に連れだしたり、毎日のように逢瀬《おうせ》を繰りかえしたりしないだろう。

穢れを知らない二十歳の体が、まず四十路の男を夢中にした。

オーラルセックスに慣れてくると、処女の体を責められてあえぐ由奈の姿に、いささか倒錯《とうさく》的な色香を感じるようになった。

芽生《めば》えたばかりの新鮮な欲望が、けれども処女膜によって体の内側に閉じこめられ、とどめを刺されないせつなさにのたうつ。清らかさといやらしさを同時に有するその姿は、この世のものとは思えないほど神倉の欲情を揺さぶりたてた。

だから由奈には、できるだけ長く処女のままでいてほしい。

そんな中年男のわがままを聞いてもらうためには、彼女のご機嫌をとることが必要だった。プレゼントでご機嫌をとるのは金で解決するみたいで多少の抵抗があったけれど、ひとまずほかに方法が思いつかなかったので仕方がない。

「これなんかどうですか？　課長」

声をかけられ、神倉は我に返った。

一緒にバッグ売り場をまわっていた、高梁沙織《たかはしさおり》だ。

若い女の趣味などよくわからないので、夕食を奢《おご》る約束で部下を買い物に付き合わせたのである。

「ちょっと予算オーバーしちゃいますけど、二十歳の女子大生ならこんな感じがいいと思います」

沙織が手にしたチェックのトートバッグは、由奈が肩に掛けたらとてもよく似合いそうだった。有名ブランドのものなので少々値が張ったが、ボーナスが出たばかりだと眼をつぶることにする。

「よし、じゃあそれにしよう」

「決めるの早すぎますよ、課長」

沙織は笑い、

「だいたい、本当に親戚の娘さんにプレゼントするんですか？」

訝《いぶか》しげに眉をひそめた。

「そうだよ」

「あやしいなあ。実はキャバクラ嬢かなんかだったりして」

「馬鹿言え」

神倉が苦笑すると、

「じゃあ、どういうタイプなんです？　二十歳の女子大生っていっても、いろいろいるじゃないですか。それによって、バッグのチョイスも違ってきますけど」

「うーん、どういうタイプって……」

神倉は視線を泳がせた。

「いまどき珍しい純情な感じだよ……北海道出身で、女子大の英文科に通ってて、なんていうかこう、レトロっぽい喫茶店でウエイトレスのアルバイトしている……」

由奈に関するパーソナルなデータを、神倉はほとんど知らなかった。いま言った以外に知っていることといえば、独身女性専用のマンションで独り暮らししていることと、古い音楽が好きなことくらいである。

あまり積極的に知りたいとも思わなかった。肉体以外に興味がない、というわけではない。神倉にとって由奈は、言ってみれば天使のような存在であり、天使に生活感あふれる個人情報は必要ないからだ。

「まあ、恐妻家で有名な課長が、浮気なんてするわけないですけど」

沙織が悪戯っぽく肩をすくめる。

「恐妻家はひどい」

神倉は再び苦笑した。

「だって、みんな言ってますもん。あんな美人な奥さんなら、俺も尻に敷かれてみたいって」

一年ほど前、会社の創立二十周年パーティが催され、神倉はそこに妻を同伴した。おかげで、沙織の言うような噂がたってしまったというわけだ。

今年二十八歳になる沙織も、社内では美人と評判が高かった。

知的に整った卵形の顔、とくに涼《すず》やかな切れ長の眼が印象的だ。ウェイブのかかった長い黒髪を背中でなびかせた姿は颯爽《さっそう》とし、いつもタイトスーツを優美に着こなしているスタイルは抜群。コンピュータープログラマーなどという地味な仕事に就《つ》いていることが、惜《お》しいくらいの麗《うるわ》しさだ。

とはいえ、三十路も間近なのに浮いた話ひとつなく、宴会の参加率は課内一と言われている。容姿は女性らしいが中身は男性的、とでも言ったらいいだろうか。仕事熱心で性格がさばけているから、上司の神倉にとってはたいへん扱いやすく、気の置けない部下のひとりだった。

(最近は、由奈にかまけて課の飲み会にも参加してなかったしな。今日は彼女の愚痴《ぐち》でもじっくり聞いてやるか……)

買い物を終えた安堵を胸にデパートを出ていこうとすると、

「ふふっ、課長」

沙織が耳打ちしてきた。

「あれって課長の奥さんじゃないですか?」

「えっ……」

神倉は、沙織の視線の先を追った。ストレートの長い黒髪、えんじ色のパンツスーツ、最近わずかに険《けん》が出てきたがそれでも整った細面の横顔。

間違いなく、妻の亮子だった。

（いったいなにをやってるんだ……）

神倉はその場に立ちすくんだ。

にわかに心臓が早鐘を打ちだした。

亮子は十メートルほど向こうの化粧品売り場で、ショーケースをのぞきこんでいる。

ひとりではない。

男と親しげに肩を寄せあっており、しかもその男は、神倉の学生時代からの親友、貞本《さだもと》昌幸《まさゆき》だった。

「どうしたんですか、課長」

思わず柱の陰に身を隠すと、沙織が苦笑した。

「声をかければいいじゃないですか。まさか、買い物してるだけで浮気を疑ってるんじゃないですよね？」

沙織はどこまでも明るい口調でささやいた。

たしかに買い物の現場を見ただけで、浮気を勘ぐるなんて失笑ものだろう。神倉にしても、プレゼントの見立てを部下の沙織に頼んで一緒にデパートに来てもらったのだから、似たようなことをしているのかもしれない。

だが、沙織は知らない。

半年前、亮子が浮気をしたことを知らないのだ。

（まさか、あのときの相手も、貞本だったのか……）

浮気が発覚したとき、亮子は頑として相手の名前をしゃべらなかった。そのかわり、土下座して謝った。プライドの高い亮子がそこまでしたことに神倉は驚き、二度としないと約束するなら今度だけは見逃してやると言ってしまったのだ。もちろん、そんなふうに取り繕《つくろ》っても、心に開いた風穴は埋めることができやしなかったが。

亮子と貞本が出口に向かって歩きだすと、

「悪い、高梁くん。ここで解散しよう」

神倉は手刀をつくって沙織に謝り、ふたりのあとをつけはじめた。

怖いくらいに嫌な予感がした。

「……あのう、夕食ご馳走してくれる約束はどうなっちゃったんですか？」

沙織が呆《あき》れたように言いながらついてくる。

「今度かならず埋めあわせする」

神倉は前のふたりから眼を離さずに答えた。亮子と貞本はデパート前の雑踏《ざっとう》を抜け、陽の暮れた歌舞伎町《かぶきちょう》へと歩を進めていく。

「どうかしてますよ、課長。そんなに奥さんのことが信じられないんですか？　幻滅しちゃうなあ。わたし、これでも課長のこと尊敬してたんですよ。恐妻家だってことは知ってましたけど、こんなふうにコソコソ尾行するなんて……」

だが、沙織の言葉はやがて途切《とぎ》れた。前を歩くふたりが飲食店街を抜け、ラブホテル街に差しかかったからである。

肩を寄せあって歩くふたりの後ろ姿からは、妖しいムードが漂ってきた。

神倉には、肉の悦びを分かちあった大人の男女だけがもつ親密さに思えた。

えんじ色のパンツスーツに包まれた妻のヒップが、いまに限ってやけに豊満に見える。なにかを期待するように、悩ましく揺れはずんでいる。

もちろん、下衆《げす》の勘ぐりであってほしかった。

だが、歩を進めるほどにふたりの体は密着し、やがて亮子が貞本に身を預けた。貞本は受けとめて肩を抱き、淫らに上気した横顔で亮子を見つめた。

（や、やめてくれ……やめてくれえええっ……）

胸底で絶叫する神倉をあざ笑うように、亮子と貞本はラブホテルの門をくぐった。

堂々としたものだった。まだ夜の帳《とばり》が落ちたばかりだというのに、セックスするためだけのレンタルスペースに人目も憚《はばか》らず入っていった。

「か、課長……」

道の真ん中に立ちすくんでしまった神倉に、沙織がこわばった声をかけてくる。普段は底抜けに明るい彼女も、さすがにそれ以上言葉が続かない。

（ちくしょう……）

神倉は両の拳《こぶし》を握りしめた。全身が小刻みに震えだし、気を強くもっていないと、その場で卒倒《そっとう》してしまいそうだった。

（これが……妻を寝取られた男の顔か……）

鏡に映った自分の顔を、神倉は呆然と見つめた。冴えない平凡な顔が憔悴《しょうすい》しきって、混乱と動揺だけに支配されている。

ここは新宿歌舞伎町のラブホテルの部屋だ。気がつけばここにいた。妻と親友が肩を組んで入っていったのと同じホテルの別の部屋で、放心状態で立ちつくしていた。

「……飲みますか？」

沙織が冷蔵庫から缶ビールを取りだす。

「飲むしかないですよ、もう」

痛々しげな上目遣いで神倉の顔色をうかがい、缶ビールを渡してくる。

神倉が沙織をこの場所に誘ったわけではなかった。自分でもわけがわからぬまま、ふらふらとホテルの門をくぐった神倉を心配し、後を追ってきてくれたのである。

神倉の様子がよほど普通ではなかったのだろう。多少眼をかけているとはいえ、基本的には上司と部下というビジネスライクな関係にもかかわらず、こんないかがわしい場所にまでついてきてくれたのだ。

とはいえ、彼女のやさしい心遣いに、いまは礼を言うことすらできなかった。妻を親友に寝取られた衝撃が体を芯から戦慄《せんりつ》させ、冷たいビールを喉に流しこんでも、冷静になることなどとてもできない。

「ああんっ……あんあんっ……ああああーんっ……」

隣の部屋から、盛りのついた女のよがり声が聞こえてくる。

亮子の声ではなかった。そもそも亮子はベッドでそれほど声をあげるタイプではないから、隣の部屋まで響くような嬌声《きょうせい》をあげるわけがない。

しかし、この同じ建物のなかで、情事を交わしていることは確実なのだ。女の恥部という恥部をさらし、指や舌で素肌をすみずみまでもてあそばれ、みなぎる男根で田楽《でんがく》刺しに貫かれて、歓喜に四肢をよじらせているのだ。

神倉は腰を抜かすようにソファに座りこんだ。

「課長……」

沙織が隣に腰をおろす。

「大丈夫ですか？」

膝を握りしめている神倉の手は、情けないほど震えていた。沙織がその手にそっと手を重ねてくる。

女らしいほっそりした手をしていた。

その感触が、神倉のなかでなにかをはじけさせ、次の瞬間、沙織を抱きしめていた。

「あっ……」

小さな悲鳴が耳に届く。ノーブルな濃紺のタイトスーツに包まれた伸びやかな肢体は、大人の女の抱き心地がした。

「……ご、ごめん」

神倉はすぐに正気に戻り、体を離した。

（い、いったいなにをやってるんだ、俺は……）

激しい自己嫌悪がこみあげてくる。

上司を心配してくれている部下を密室で抱きしめてしまうなんて、セクハラどころの話ではない。いくら混乱しているとはいえ、人の道を踏みはずしている。

だが、沙織は少しもあわてた様子もなく、

「課長……」

切れ長の眼を潤ませて、今度は自分から抱きついてきた。

「わたし、いいですから……」

言葉以上に、耳元で熱っぽくはずむ吐息が、神倉の胸を騒がせる。

「課長のこと慰めてあげても、いいですから……」

「な、なにを言ってるんだよ、おい……」

神倉が滑稽《こっけい》なほど上ずった声で言うと、沙織は唇を重ねてきた。深紅のルージュに濡れた唇はひどく肉感的で、神倉の頭のなかは真っ白になった。

「ぅんんっ……ぅんんっ……」

一秒ごとに口づけが深まっていく。

「むうっ……むむっ……」

いつの間にか、神倉も沙織の口を吸いかえしていた。ひらひらと泳ぐようにうごめく沙織の舌を、夢中になって追いかけては、みずからの舌をからめていく。

壁にも天井にも鏡がある、毒々しいほど装飾過多なラブホテルの部屋によく似合う淫らな雰囲気を、ふたりはいま、性急に醸《かも》しだしはじめた。

沙織はひとまわり年下の部下だった。

キャリアレディという言葉がよく似合う知的なタイプで、実際、仕事もよくできる。会社もただのプログラマーとしてではなく、いずれは管理職を任せてみたいと期待をかけているらしい。

（そんな彼女とこんなことをして……）

許されることではないと思いつつも、唇を離すことができない。

神倉はいままで、沙織とは男の部下と接するように接してきた。沙織自身がそう望んでいるようだったし、職場で女性的な感情をけっして露《あら》わにしない彼女を、神倉は上司として評価していた。

その沙織が、いまは女の顔をしている。

口づけが深まるほどに、眼の下をねっとりと赤く染め、潤みきった瞳で見つめてくる。

荒ぶる吐息がぶつかりあい、からまる舌がツツーッと唾液の糸を引く。

長々と続いたキスに陶然《とうぜん》となった神倉は、沙織の胸に手を伸ばした。

「んんんっ！」

タイトスーツの上からふくらみを揉みしだくと、沙織は鼻奥でうめいた。

（な、なんて大きな……）

片手ではとてもつかみきれないふくらみのサイズに、神倉は驚愕した。

着衣の上からでも豊かな乳房の持ち主であることは予想できたが、手にしてみると予想以上に大きかった。大きなだけではなく、ブラジャーの硬いカップ越しにも、量感のある肉の隆起が生々しく伝わってくる。

「むむっ……」

今度は神倉が眼を白黒させた。ねちゃねちゃと舌をからませながら、沙織が男の股間をまさぐってきたからだ。

ズボンの下の分身は、まだ勃起していなかった。しかし、沙織の細長い指の動きは唖然とするほど淫らがましく、みるみる鎌首をもたげだしてしまう。

（まずい……まずいんだよ、こんなことしちゃ……）

分身が硬く充血していくのを感じながら、神倉は胸底でつぶやいた。頭の片隅には、まだわずかに理性が残っていた。それを総動員して行為を中断しようとした瞬間、沙織のほうから口づけをとき、股間に触れていた手も離した。

「ちょ、ちょっと落ち着こう、高梁くん……」

神倉もあわてて沙織の胸から手を離し、

「び、びっくりするじゃないか、もう……俺だって男なんだぞ、もう少しでその気になっちゃいそうに……」

笑って誤魔化《ごまか》そうとしたが、

「……失礼します」

沙織は妖しく上気しきった顔でつぶやくと、神倉の足元にしゃがみこんだ。雄々《おお》しく張った男のテントを眺めながら、ズボンのベルトをはずしだした。

「ちょ、ちょっと待て……」

焦った声をあげても、神倉の体は金縛りにあったように動かなかった。あっという間に、ブリーフごとズボンをめくりさげられた。勃起しきった肉茎がぶうんと唸りをあげて反り返り、鏡張りの天井を鬼の形相《ぎょうそう》で睨みつける。

「ああっ……」

沙織は蕩《とろ》けるような表情で男の欲望器官を見つめ、熱っぽく息を吐いた。

(な、なんてことを……するんだ……)

生々しい吐息をカリ首に浴びて、勃起しきった肉茎がびくびくと跳ねる。

沙織はその根元に細指をからめ、すりっ、すりっ、としごきたててきた。

「なんて硬いの……それに大きい……」

神倉の顔にではなく、血管を浮かせて勃起しているペニスに向かってささやきかける。深紅のルージュに濡れ光る唇を卑猥なOの字に割りひろげ、赤黒く充血した亀頭をずっぽりと咥えこんでしまう。

「むむむっ……」

神倉は真っ赤になって首に筋を浮かべた。分身を包みこんだ生温かい口内粘膜の感触が視界をぐらぐらと揺らがせ、戦慄にも似た身震いが起こる。沙織がいきり勃つペニスを咥えている光景がとても現実とは思えず、瞬《また》きを繰りかえしてしまう。

「うんぐっ……ぐぐぐっ……」

淫らに頬をすぼめた沙織が、屹立《きつりつ》したペニスを呑みこんでいく。ぷっくりと血管の浮きあがった竿の上を、深紅のルージュに飾られた唇がすべる。

「むっ……むむむっ……」

神倉はうめきながらソファの上でのけぞった。動悸が乱れきっていた。なりゆきでラブホテルに入ってしまったとはいえ、沙織は部下である。おのが男根を舐めしゃぶらせていい相手ではない。

「っんあっ……」

沙織が苦しげに眉根を寄せてペニスを吐きだした。

「すごいっ……大きすぎて全部口に入りませんよ、課長」

知的な美貌を欲情に蕩けさせ、ささやいた。神倉の気持ちなど知らぬげに、すっかりその気になっているらしい。

「や、やめるんだ……」

神倉はありったけの理性を掻《か》き集め、震える声を絞った。

「さっきは……抱きしめたりして悪かった……だが、きみ……僕らはこんなことしちゃ、いけないんだ……」

「やめません」

沙織はきっぱりと言い放ち、今度は舌を躍らせはじめた。二十歳の由奈とはまったく違う、いやらしすぎる舌使いで、ねろり、ねろり、と亀頭を舐めまわす。

「や、やめろ……やめるんだ……むうっ！」

ペニスに伝わるたまらない刺激に、神倉の言葉は情けなく途切れた。

一瞬、上目遣いになった沙織の顔には、いまさらなにを言うの、と書いてあった。

上目遣いで視線を合わせたまま、ねろっ、ねろねろっ、と亀頭を舐める。

赤々と輝く沙織の舌はそれ自体が意志のある別の生き物のように動きまわり、カリのくびれから肉竿、そして裏筋までを這いまわった。瞬く間に、ペニスの全長を甘い唾液にまみれさせていった。

続いて、濡れた肉茎を両手で愛撫しはじめた。ほっそりした白魚《しらうお》のような指先をひらひらと躍らせて、布巾《ふきん》を絞るように肉竿をしごく。そうしつつ、舌先でツンツンと亀頭をついてくる。鈴口から滲《にじ》みだした先走り液を、チュウッと音をたてて吸いたてる。

（な、なんてうまいフェラチオだ……）

神倉はこみあげる快感に、瞬きをすることすら忘れてしまった。

二十八歳の結婚適齢期にもかかわらず、浮いた話ひとつなく仕事に打ちこんでいる普段の沙織とは、まるで別人だ。

神倉の体と心は練達《れんたつ》すぎる口腔奉仕に日を浴びたバターのように溶けだして、もはやなすがままになっていることしかできない。

「むううっ……むうううっ……」

あまりの愉悦に息だけを荒らげ、魂を抜かれてしまったように呆然としていると、沙織は不意に行為を中断してソファから立ちあがった。

神倉のことも腕を引いて立ちあがらせると、

「……ベッドに行っててください」

背中を向けてささやき、そのまま服を脱ぎだした。

ノーブルな濃紺のタイトスーツ、そのジャケットとタイトミニが取られ、白いブラウス姿になる。むっちりした太腿が、極薄の黒いストッキングに包まれている。

ブラウスも取られた。ブラジャーは黒だ。手早く脱いだパンティストッキングの下からは、量感のある尻肉を包みこむ黒いパンティが現われた。

（た、高梁くんっ……）

神倉は立ちすくんだまま息を呑んだ。

衝撃的な光景だった。

パンティの生地はストッキングに似た黒いナイロンで、素肌を妖しく透かせている。ハイレグではない。垂れるか垂れないかぎりぎりのところにある二十八歳の重そうなヒップを、ぴったりと包んでハングアップしている。

「課長っ……」

ブラジャーのホックをはずした沙織が、両腕でカップを支えながら迫ってきた。

呆然と立ちすくんでいた神倉は、胸に飛びこまれてバランスを崩し、ベッドに尻餅をついた。押し倒されるようにして、ふたりの体が重なりあう。

「抱いて、課長っ……抱いてくださいっ……」

沙織の大胆さに戸惑いつつも、神倉の体は本能に突き動かされてしまう。支えを失ったブラジャーのカップに、手のひらが吸い寄せられていく。

「あああっ……」

たっぷりと量感のある乳房を揉みしだくと、沙織は白い喉を反《そ》らせてあえいだ。

神倉はブラジャーを奪ってしまうことさえもどかしく、カップの上からぐいぐいと指を食いこませた。黒い下着姿の沙織にしなだれかかられた瞬間、思考回路がショートし、欲望を満たすことしか考えられない野獣に豹変《ひょうへん》してしまったかのようだった。

「むうっ……むううっ……なんて大きなおっぱいなんだ、高梁くんっ！」

「か、課長っ……そんなにあわてないでっ……」

鼻息荒く女体にむしゃぶりついていく神倉に、沙織がたじろいで後退《あとずさ》る。

「じ、自分から誘っておいて、いまさらなにを言ってるんだっ……」

神倉はますます鼻息を荒らげて沙織を追いかけ、黒いブラジャーを女体から剝《は》がした。たわわに実ったふくらみを両手で鷲《わし》づかみにし、むぎゅむぎゅと揉んだ。

瞬く間に、手のひらが汗ばんでくる。二十歳の由奈にはない、もっちりした感触に陶然となる。

「くぅぅうーっ！　あああっ……」

したたかに指を食いこませて揉み絞ると、沙織は流麗《りゅうれい》な細眉をきりきりと寄せ、知的な美貌を喜悦に歪ませた。

神倉は我を忘れて沙織のふくらみを愛撫《あいぶ》した。

我が身に起こった不幸を忘れさせてくれそうな、たまらない乳房だった。Fカップはありそうな量感も、搗《つ》きたての餅《もち》のように柔らかい感触も素晴らしかったが、揉めば揉むほどに手のひらに吸いついてくるところが夢中にさせる。

こってりと揉みしだいていくと、頂上がむくむくと頭をもたげてきた。二十八歳の乳首はさすがにピンク色ではなかったが、いかにも感度がよさそうなあずき色で、愛撫《あいぶ》を誘うようにいやらしい尖《とが》り方をした。

「んんんーっ！」

口に含んで吸ってやると、沙織は総身をのけぞらせて声をあげた。

成熟した反応だった。普段は男になど興味がなさそうな顔をしているくせに、女の悦びをしっかりと知っているらしい。

（ちくしょう、暑い……）

興奮のあまり、全身から汗が噴きだしてくる。神倉は手早くスーツを脱いで全裸になり、あらためて沙織に覆い被さった。

沙織は黒いパンティ一枚だった。ストッキングのように透ける素材だが、フロント部分には花の刺繍《ししゅう》が施《ほどこ》されていて、恥毛までは透けていない。

神倉はパンティの上からヴィーナスの丘に触れた。

シースルー仕立てのナイロンのパンティが、ざらりとした卑猥な感触を伝えてくる。

いやらしいほど小高い恥丘のカーブを、ねちり、ねちり、と中指一本で撫でさする。

「んんっ……んんんっ……」

沙織はしきりに首を振って羞《は》じらいつつも、指をパンティの船底部分に誘うようにじわじわと太腿を開いていった。

神倉は中指をすべり落とした。素肌を透かせた黒いシースルーパンティは、その内側にむんむんと熱気を孕《はら》ませ、極薄の生地越しに妖《あや》しい湿り気を伝えてきた。

「あうううーっ！」

パンティの上から割れ目をなぞると、沙織は神倉にしがみついてきた。艶めかしいピンク色に上気した顔を男の胸板にこすりつけ、ハアハアと息をはずませる。下着越しのもどかしい刺激に、白い素肌を生々しく火照《ほて》らせていく。

（な、なんていやらしい……）

神倉は大きく息を呑んだ。恥ずかしげに身悶えながらも、沙織はすでにみずから両脚をM字に割りひろげていた。股間にぴっちりと食いこんだ黒いパンティを見せつけて、ひとまわり年上の上司を悩殺してきた。

「ぬ、脱がすよ……脱がすからね……」

神倉は黒いパンティの両サイドをつかんでつぶやくと、沙織の下肢からそれを奪った。

「くっ……」

沙織は羞じらいに顔をそむけたが、神倉はかまわず、長い両脚をつかんでM字に割りひろげていく。

（こ、これが……高梁くんのオマ×コッ……）

神倉は大きく息を呑みこんだ。

眼の前に、沙織の女の花が咲き誇っている。

二十八歳という年齢に相応しい、成熟した花だった。アーモンドピンクの花びらは縁がわずかに黒ずんで、肉が薄く、けれどもびらびらと大ぶりだ。パンティ越しに時間をかけて愛撫したので、左右の花びらは身を寄せあうことなく、合わせ目をほつれさせて鮭肉色の肉層を見せつけている。

「くぅうっ……あぁあああっ……」

舌を伸ばして粘膜を舐めまわすと、沙織は伸びやかな四肢をくねらせてよがり泣いた。

その様子が、ひどくそそった。

　クンニリングスをしながら眺める女体はつくづくいやらしい。あられもなく開かれた両脚、腰を反らせ、そのかわりに天に向かって突きだされる乳房。ふくらみの先端では、あずき色の乳首が鋭く尖って、女体の発情を伝えてくる。

「むうっ……むうううっ……」

　神倉は乱れる部下を上目遣いで眺めながら、荒ぶる鼻息で恥毛を揺らした。舐めるほどによく濡れる、淫らな割れ目だった。普段は男に見向きもしない仕事熱心な沙織なのに、これほど熱い激情を体の内側に眠らせていたとは驚かされる。

「あああっ、課長っ……」

　沙織がひきつった声をあげた。

「ダ、ダメですっ……そんなにしたらっ……」

　クリトリスを舐め転がされる刺激に悶絶し、ぶるぶると首を振る。もちろん、拒絶していないことは明らかだった。神倉はクリトリスのカバーをぺろりと剝き、真珠のように丸みのある女の急所を、したたかに吸いたてた。

「はぁあああああーっ！」

　沙織は絶叫して激しく身をよじり、クンニリングスの体勢を崩した。ハアハアと肩で息をしながら、妖艶な仕草で長い黒髪をかきあげた。

「か、課長っ……」

淫らなまでに潤んだ眼で見つめてくる。

視線と視線がねっとりとからみあう。

「も、もういいです……もう欲しい……課長が欲しい……」

沙織は大胆にも上司の神倉を押し倒し、腰にまたがってきた。

神倉は一瞬焦《あせ》ったが、流れにまかせることにした。

男の欲望器官は鬼の形相《ぎょうそう》でそそり勃ち、ずきずきと熱い脈動を刻んでいる。

フェラチオでまとった唾液はすでに乾いていたけれど、もう一度濡らす必要はなさそうだった。騎乗位で結合しようとしている沙織の股間は、したたるほどに発情のエキスを漏らしていた。

「んんっ……あああっ……」

和式トイレにしゃがみこむような格好で性器と性器を密着させた沙織は、すぐには腰を落としてこなかった。ぬれぬれの花びらで亀頭を舐めしゃぶり、勃起の硬さを確かめるように、じりっ、じりっ、と数ミリずつ、分身を呑みこんできた。

（な、なんていやらしい繋《つな》がり方だ……）

男を焦《じ》らしているのか、あるいは焦らすことで自分の興奮を高めているのか、それとも結合の瞬間を神倉に見せつけようとしているのか。

「んぁあああーっ！」

沙織が声をあげて最後まで腰を落としてくる。そそり勃つ男根が、女の割れ目にずぶずぶと呑みこまれていく。

「ああっ、きてるっ！　い、いちばん奥まで届いてるううううっ……」

男の器官をすべて呑みこんだ沙織は、神倉の腹に両手をつき、白い喉を反らせ、歓喜を示すように長い黒髪を振り乱した。

「むっ……むむむっ……」

神倉は自分の顔が火を噴きそうなほど熱くなっていくのを感じた。

半年前、妻の浮気が発覚する事件があって以来、家庭ではセックスレスだし、ヴァージンの由奈とはオーラルセックスしかしていない。久しぶりに味わった結合の感触に、体中の血液が沸騰していく。

（あ、熱いっ……）

ぐっしょり濡れた沙織の肉ひだは、とろ火でじっくり煮こまれたシチューのように熱を放ち、ひくひくと淫らがましくうごめいて、いきり勃つ分身に吸いついてきた。

「お、大きいっ……課長のもの、大きすぎるっ……」

騎乗位で神倉にまたがった沙織は、結合の衝撃に打ち震えている。五体の肉という肉を、ぶるっ、ぶるるっ、と淫らがましく痙攣させては、蕩けきった眼で神倉を見つめてくる。

やがて、ゆっくりと腰を動かしはじめた。

肉づきのいい太腿で男の腰を挟み、三つ指をつくように両手を神倉の腹にのせ、そそり勃つ男根を呑みこんだ股間を、しゃくるように前後に振りたててくる。

「むうぅっ……」

神倉は沙織のむっちりした太腿を両手でさすり、大きく息を呑んだ。沙織の蜜壺は腰を動かすほどにますます熱く煮えたぎり、いても立ってもいられなくなってくる。さすっていたはずの両手の指が、太腿の肉にぎゅっと食いこむ。

「あああっ……あああああっ……はぁあああぁーっ！」

沙織は身悶えながら、女の悲鳴を一足飛びに甲高くしていった。腰をしゃくる動きもみるみる大胆になっていき、ずちゅっ、ぐちゅっ、と淫らな肉ずれ音がたつ。むさぼるように性器と性器をこすりつける。

（い、いやらしい腰使いだ……）

神倉は瞬《またた》く間に、沙織のやり方に翻弄《ほんろう》された。

本当は、女性上位はあまり好きではなかった。自分で自由に腰を使えないので、もどかしい感じがするからだ。

けれどもその考えは、いまこのときをもって撤廃しなければなるまい。

沙織の腰振りは、たまらなかった。

男の直線的な抽送とは違う、愉悦の渦《うず》を巻き起こすような腰振りだった。

その渦に呑みこまれていくような錯覚が、眼も眩《くら》むような快美感を運んでくる。いても立ってもいられなくなってくる。

「むうぅっ……」

神倉はすがるように手を伸ばし、眼の前で揺れはずむたわわに実った双乳をつかんだ。搗きたての餅のようにもっちりした乳肉にむぎゅむぎゅと指を食いこませ、力まかせに揉みくちゃにした。

「ああっ、いいっ！　課長、いいですっ！」

沙織は腰まである長い黒髪を振り乱し、ちぎれんばかりに首を振る。神倉が鋭く尖《とが》ったあずき色の乳首をひねりあげてやると、

「はぁおおおおおおーっ！」

獣じみた悲鳴をあげて、あられもなくよがり泣く。

「ああっ、すごいっ……課長のものが大きくなっていくっ……わたしのなかでどんどん大きくなっていくううーっ！」

ハアハアと息をはずませながら沙織は叫び、もう一度両脚をM字に立てた。

その格好で、腰を持ちあげては落とした。

ぷっくりと血管を浮かべた肉竿が、アーモンドピンクの花びらを巻きこみ、女体に深々と刺さっていく。

根元まで呑みこまれるたびに、ずちゅんっ、といやらしい音がたつ。

抜かれるときは花びらが肉竿にぴったりと吸いついて、行かないで、と言うようにせつない涙をしとどに漏らす。

「むううっ！　むううっ！」

二十八歳のいやらしすぎる艶姿を見せつけられ、神倉の鼻息も限界まで荒くなっていく。自分が上司で、彼女が部下であることも忘れて、肉の悦びに没頭していく。ベッドのスプリングを使って、下から律動を送りこんでやる。

「くぅうううっ……」

M字開脚の中心を下からえぐられた沙織は、歓喜のあまり動きを鈍らせた。ペニスを深々と咥えこんだまま、くびれた腰をわななかせ、ねっとりと潤んだ瞳で神倉を見つめてくる。

「まさかな……」

神倉は熱っぽくつぶやき、たぎる視線で沙織を見上げた。

「まさかきみが、こんなにいやらしい女だとは思わなかった」

「い、言わないでっ……」

恥ずかしげに顔をそむけた沙織を、神倉は上体を起こして抱きしめた。

いわゆる対面座位の格好だ。

神倉は両手で沙織の尻をつかみ、引き寄せた。と同時に、ぎしぎしとベッドを軋《きし》ませて下から律動を送りこむ。

今度はこちらが、イニシアチブを握る番である。

「ああっ、いいっ！　いいですううーっ！」

みなぎる肉茎で四肢を貫かれた沙織は、全身を妖しくくねらせ、みずからも腰を動かしはじめた。

（た、たまらんっ……たまらんぞっ……）

久しぶりのセックスだった。オーラルセックスとはまるで違う、突きあげるたびに分身に密着してくる女肉の感触に、神倉は全身で欲情してしまう。

「ああっ……あああっ……はぁあああああーっ！」

対面座位で抱いている沙織は、下からの律動に身も世もなくよがり泣き、生々しいピンク色に染まった肢体をよじらせている。

神倉はぐいぐいと下から突きあげながら、沙織の尻をつかみ、乳房を揉んだ。

どこもかしこも丸々と熟《う》れていた。

汗ばんだ肌からは甘ったるい牝《めす》のフェロモンが、揺らめく長い黒髪からは大人の女らしい高貴な芳香が漂ってきて、どこまでも欲情を煽りたててくる。

「くぅうううーっ！」

下から突きあげながら乳首を吸い、甘嚙《あまが》みしてやると、ことのほか沙織は乱れた。知的な美貌をくしゃくしゃにして、閉じることのできなくなった紅唇からとめどもなく女の悲鳴を撒《ま》き散らした。

（こ、これだ……これがセックスなんだ……）

神倉は自分の分身が鋼鉄のように硬くなっていくのを感じた。

二十歳の由奈の唇も、たしかに気持ちがいい。処女の唇で奉仕してもらっていると思うと、体の芯が痺れるほどに興奮する。

けれどもやはり、ペニス専用の鞘《さや》は、女の両脚の間にあるのだ。

いま分身を包みこみ、ざわめきながら吸いついてきているこの場所こそが、情を交わす正当な器官なのだ。

「むうっ！」

神倉は女体を押し倒し、正常位へと移行した。

むっちりした太腿を両手で割り裂き、M字開脚の中心に突き刺さっているおのが男根を眺める。自由になった腰を軽快に動かし、ずぼずぼと穿《うが》っていく。

「はぁおおおっ……はぁおおおっ……はぁおおおおおおーっ！」

したたかな連打を受けて、沙織はベッドの上でのたうちまわった。天井を向いた双乳を揺らし、知的な顔から首筋までを生々しい朱色に染めあげて、けっして狭くはないホテルの部屋中に甲高い悲鳴を響かせる。

（……こ、これは？）

神倉の眼が、沙織の股間をとらえた。黒い草むらの奥から、赤く充血したクリトリスがツンと顔をのぞかせていた。みずから包皮を全開に剝ききって、いやらしいほど丸々とふくらんでいる。

神倉は右手の親指を伸ばした。渾身の連打を打ちこみながら、真珠肉をはじくように転がしてやると、女の蜜壺が男根をぎゅうっと締めつけてきた。

「あああっ……ダ、ダメッ……そんなことっ……」

沙織が潤んだ眼を見開き、顔をひきつらせて両手を伸ばしてくる。

神倉はクリトリスから指を離して、沙織を抱きしめた。

クリトリスを刺激しなくとも絶頂に導けそうなことは、きつく食い締めてくる蜜壺の感触でわかった。

「ああっ、イキそう……わたしもうイッちゃいそう……ねえ、課長、いい？　先にイッちゃってもいい？」

きりきりと眉根を寄せ、細めた眼に歓喜の涙をいっぱいに溜めた沙織が、背中にぎゅっと爪を食いこませてくる。

「イッていいぞ……」

うねうねと妖しく波打つ長い黒髪に、神倉は真っ赤に上気した顔をうずめた。息をとめて腰を振りたて、限界を超えて吸いついてくる女肉の感触に溺れていく。

「そら、イケッ！　イクんだっ！」

「ああっ、イキそうっ！　突いてええっ……もっと突いてええええええーっ！」

沙織があられもなくよがり泣き、とどめの刺激を求めてくる。

神倉は応えるように、ストロークのピッチをあげた。

すさまじい勢いで腰を回転させ、沙織の体を宙に浮かせる。

だが、我慢の限界は神倉のほうに先に訪れた。

「むううっ、もうダメだ……」

腕のなかで淫らにもがく沙織を、骨が軋《きし》むほど抱きしめてしまう。

「出すぞっ出すぞっ……おおおううぅーっ！」

雄々《おお》しい声をあげて、最後の楔《くさび》を打ちこんでいく。勃起しきった肉茎をびくんっと跳ねさせ、沸騰する男の精を迸《ほとばし》らせる。

「はぁおおおおおーっ！」

両脚の間で灼熱を感じた沙織も、獣じみた声をあげた。

「イッ、イクッ……イッちゃうっ……はぁあああああああーっ！」

総身をのけぞらせて、絶頂に駆けあがっていく。二十八歳の肢体を淫らがましくのたうたせ、射精の発作で暴れるペニスを、ざわめく肉ひだで食い締めてくる。

「おおうっ……おおおっ……」

「はぁあああああっ……」

恍惚に震える声をからめあわせて、身をよじりあった。神倉は尿道を精が駆けくだるたびに、痺れるような快感を味わった。

やがて、お互いの動きがとまり、自然に結合がとけた。

ふたりとも息があがっていた。

枕元のティッシュに手を伸ばすことができず、性器を濡らしたまま抱きしめあった。

（……まいったな）

神倉は胸底で舌打ちしてしまった。

沙織の乱れた黒髪をやさしく撫でてやりながらも、射精の余韻がおさまっていくにつれ、苦々しい気分がこみあげてくる。

沙織は直属の部下だった。

明日になれば、会社で普通に顔を合わせなければならない。仕事の指示を出し、時には厳しい台詞も口にしなければならない。こんなふうに快感を分かちあった女を相手に、果たしていままでどおりに振る舞うことができるだろうか。

「……ありがとうございました」

沙織が耳元でささやいた。抱擁《ほうよう》をといて顔を見ると、切れ長の眼の縁が、まだ恍惚の余韻で赤く染まっていた。

「わたし、最近ちょっと溜まってたんです。課長のおかげて、すっかりストレス解消できちゃいました」

その明るい口調に、神倉は戸惑《とまど》った。

この部屋でふたりきりになったそもそもの発端は、神倉の妻がラブホテルに入っていくのを見たからである。ショックを受けた神倉がわけもわからぬまま同じホテルに入ってしまい、沙織は心配してついてきてくれたのだ。そして放心状態に陥った上司を慰めるように、体を許してくれたのである。

「いや、礼を言うのは……」

「女だって溜まることがあるんですよ」

沙織が遮《さえぎ》って言った。

「そういうときは彼氏とかと寝るより、一回だけの火遊びのほうが燃えたりして……」

「火遊び……」

沙織の言葉には、この情事が一度限りのあやまちであるという裏書きがあるようだった。だからお互いに忘れましょうということを、暗に伝えようとしているのだ。

（先まわりしやがって……）

神倉はバツ悪げに苦笑した。沙織のやさしさが嬉しかったが、彼女の思いやりはただそれだけにとどまらなかった。

「あ、わたしが火遊びしたのは今度が初めてですけど……」

沙織は悪戯っぽい笑みを浮かべてから、胸板に顔を押しあててつぶやいた。

「きっと、課長の奥さんもそうだと思います」

「えっ……」

「女にだって、男の人みたいに火遊びでストレス解消したいときがあるんです。だから、あんまり奥さんを責めないであげてください」

神倉は返す言葉を失った。

おそらく沙織は、そのことを言うために体を許してくれたのだ。妻に裏切られた上司を、体を使って慰め、さらにそのうえ、家庭の円満にまで気をまわしてくれていたのだ。

「……でかい借りができちまったな」

神倉が言うと、沙織は照れたように鼻の下を指でこすり、えへへと笑った。

熱いものがこみあげてきた。涙を見られないように、神倉はアクメの余韻で火照る女体をもう一度きつく抱きしめた。

第四章　裏切り者たち

「ええっ？　いいんですか」

デパートの紙袋を受けとった由奈は、可憐な顔をピンク色に上気させた。

「遠慮しないで受けとってくれよ。たまたまデパートで見かけたんだけど、由奈ちゃんにぴったりだと思って買ったんだ」

神倉は微笑んで言った。

ここはターミナル駅の構内にあるファストフード店。若者ばかりが目立つ店内で、四十路のサラリーマンはいささか居心地が悪いが、大学からアルバイト先に向かう由奈と落ちあうには好都合だった。

「やだ、素敵っ！　ありがとうございますっ！」

紙袋を開けた由奈は、まわりのことなどおかまいなしにはしゃいだ。バッグを肩にかけ、満面の笑みで神倉を見つめてくる。予想どおり、そのチェックのトートバッグは彼女によく似合った。

「わたし、バッグ欲しかったんです。いま使ってるのずいぶん傷んでるから、次のバイトのお給料で買おうと思ってて……」

「じゃあちょうどよかった」

「こんなに高そうなのは買えないと思ってましたけど……」

「でも、ひとつくらいブランドものが欲しかったんだろ？」

由奈は恥ずかしそうにこくんと顎を引き、

「神倉さんって、わたしのことなんでもわかっちゃうんですね。超能力でもあるみたい」

「ははは、大げさだなあ……」

神倉はまぶしげに眼を細め、由奈を見つめた。これだけ喜んでくれるなら、大枚叩《はた》いてプレゼントした甲斐があるというものである。

とはいえ、気分は晴れない。可愛い由奈がこんなにはしゃいでくれているのに、胸の奥にもやもやと黒い霧がかかっている。

「あのう……」

バッグを抱きしめるように抱えた由奈が、上目遣いで見つめてきた。

「今夜は、一緒にいられなくなっちゃったんですよね？」

「すまん」

神倉は拝むように片手をあげた。

「急に古い友達と会うことになってね。帰りの時間がわからないから、部屋で待っててもらうのも悪いし……この埋めあわせはきっとするよ」

「そんな……」

由奈は清潔な黒いセミロングの髪を跳ねあげ、首を横に振った。

「お誕生日でもないのにプレゼントなんてもらっちゃって、わたしのほうこそ、今度絶対埋めあわせします！」

選手宣誓のように声を張ったので、まわりから視線が集まった。由奈は肩をすくめて照れ笑いし、ピンク色の舌をちらっと出した。

視線と視線がからまりあった。年は倍も離れているふたりだが、男と女だ。見つめあっていると、肉体関係をもつ男女にしか醸しだせない淫靡な空気が、お互いの間を行き来する。

（ああ、このまま由奈の手を引いて、部屋に帰りたいよ……）

神倉は胸底でつぶやいた。

時刻はまだ午後七時、終電までたっぷりと時間がある。バッグをプレゼントしたことで由奈はご機嫌だし、アパートでふたりきりになれば、いつもどおりに満ち足りた時間を過ごせるに違いない。

だが、そんな逃避じみた行動は、胸のもやもやをいたずらに増長させるだけだろう。

「……じゃあ、悪いけどそろそろ」

話し足りない顔をしている由奈をうながし、ファストフード店を出た。

自宅とは反対方向の電車に乗りこむと、由奈のことは頭から消えていった。

待ちあわせの駅で降りた。

北風の吹くなか、改札を出ていく。

見慣れた顔の男がコートの襟を合わせて立っていた。

貞本昌幸だ。

大学の同窓生なので、もう二十年来の付き合いになる。

お互い不惑の年になってしまったが、顔を合わせれば学生時代の気分そのままに、馬鹿話に興じることができる貴重な相手だ。

しかし今日は、馬鹿話をしに来たわけではない。神倉が会いに来たのは、学生時代からの親友ではなく、妻を寝取った憎むべき間男だった。

貞本の自宅マンションは、駅から歩いて五分ほどのところにあった。

賃貸だが、新築の1LDK。輸入ものらしきソファセットと大型液晶テレビが置かれたリビングは、生活感がほとんど感じられない。まるでトレンディドラマに出てくるような洒落《しゃれ》た部屋だが、四十男が独り暮らしをしていることを考えると、いささか物悲しい。

「座ってくれよ」

貞本がソファにうながしてくる。

「おまえ、ここに来るの初めてだったよな？」

「ああ」

神倉はコートを脱ぎ、ソファに腰をおろした。

貞本は二年前に離婚したいわゆるバツイチで、仕事は学習塾の講師。昔から保守的なタイプだったので、離婚をしたときまわりは一様に驚いた。貞本自身も相当ショックを受けたらしく、元妻と住んでいた一軒家を処分しこの部屋に転居した際、引っ越し祝いを渡そうとして、離婚を祝われているみたいだから勘弁してくれ、と遠慮されたことがある。

「話ってなんだい？」

冷蔵庫から缶ビールを二本持ってきた貞本が、ソファに並んで腰をおろす。

「それも静かなところで話がしたいなんて、あらたまっちゃってさ」

缶ビールを一本、神倉の前に置く。自分のぶんのプルトップを開け、乾杯しようと缶を掲げる。だが、神倉は缶ビールには手を伸ばさず、

「単刀直入に聞くけど……」

低く声を絞った。

「なんだよもう。俺、喉渇いてるから飲んじゃうよ」

のんき気な顔でぐびぐびとビールをあおる貞本に、怒りがこみあげてくる。腹のなかでは、妻を寝取った優越感でいっぱいなのか。

「おまえ……うちのやつとできてるだろ？」

「……はあ？」

貞本は苦笑したが、その頬は思いきりひきつっていた。

「嘘はつくなよ」

なにかを言おうとした貞本を、神倉は険しい顔で制した。

「俺は見たんだ。先週の金曜日、亮子とおまえが歌舞伎町のラブホテルに入っていくところをな。仲よさそうに肩まで組んで」

「い、いや、それは……」

貞本は眼を泳がせ、缶ビールを持った手を震わせる。

妻の亮子と貞本がラブホテルに入っていくのを目撃したとき、激しい混乱に陥った神倉は、一緒にいた部下の高梁沙織と寝てしまった。情事のあと、沙織は言った。女だって火遊びでストレス解消がしたいことがあるから、奥さんをあまり責めないでください。沙織の気遣いは涙が出るほど嬉しかったが、やはり事実を確認し、責めるべきは責めなければ気がすまない。

「いつからなんだ？」

神倉は貞本を睨みつけた。

「いつからうちのと関係してたんだよ？」

「い、いや、その……このことは、亮子さんは……」

「俺はおまえに聞いてるんだっ！」

怒声をあげて立ちあがると、貞本は「ひっ」と悲鳴をあげて頭を抱えた。お互いに暴力沙汰が得意なタイプではなかったが、貞本はとくにそうだった。

「言えよ」

神倉はがたがた震えている貞本の足を軽く蹴った。

「あいつとのこと包み隠さず全部言え。まったく悲しくなってくるぜ。おまえのほうが亮子より付き合い長いんだぞ、サダ」

学生時代の愛称をわざと使った。

「す、すまん……」

貞本は唇を噛みしめ、いまにも泣きだしそうな顔を向けてきた。

どうやら、居直るつもりはないらしい。そうなのだ。貞本は昔から性根がまっすぐな男だった。しかしいまは、それがよけいに怒りと苛立ちを募らせる。

「ったく……」

神倉は深い溜め息をついてソファに座り直した。

「とにかく話してくれ。なるべく落ち着いて聞くから」

「……お、俺から誘ったわけじゃないんだ」

長い沈黙のすえ、貞本はつらそうに声を絞った。

「……亮子さんのほうから誘ってきたんだよ」

神倉は怒りに拳を震わせた。

女に責任を押しつけるとは見下げた男だ。ふざけるなと怒鳴ってやりたかったが、まずは事実を吐きださせることが先決だと、眼顔で先をうながす。

「半年くらい前かな……新宿のバーで彼女とばったり顔を合わせてさ……飲んでるうちに、わたし最近ずっとセックスレスなんだって手を握られて……いや、まあ、お互いけっこう酔ってたから……」

「寝たんだな？」

「……すまん」

「それからずっと続いているのかよ？」

貞本はうなずいた。

「おまえを裏切っているっていう罪悪感はあったんだが……」

そのわりにはずいぶんデレデレした顔でラブホテルに入っていったじゃないか、と神倉は思ったが言わなかった。

それよりもショッキングな事実が、ふたつもあったからだ。

ひとつは、半年前から関係が続いているということだ。ちょうどそのころ浮気が露見し、亮子は二度としないからと土下座して謝った。そうまでして相手の名前を言わなかったのは、相手が神倉の親友である貞本だったからだ。そして、土下座までして謝っても、裏ではしっかり関係を続けていたのだ。

さらにもうひとつ、亮子のほうからベッドに誘ったということだ。亮子は自分から男にしなだれかかっていくようなタイプではないので、にわかには信じられない。とはいえ、貞本も嘘をついている雰囲気ではない。

神倉は息をつき、矛先《ほこさき》を変えてみることにした。

「それでおまえ、どうするつもりなんだ？　おまえのほうはバツイチだから、俺と亮子が離婚すりゃあ、あいつと一緒になるのか？」

「い、いや……」

貞本は、とんでもないというふうに首を振った。

「そういうつもりは全然ないよ。彼女との関係は単なる欲求不満の解消っていうか……」

「おい……」

神倉は身を乗りだして貞本の襟首をつかんだ。

「人のカミさんつかまえて、欲求不満の解消だと？」

「お、落ち着いて話を聞くんじゃなかったのかよ……」

貞本は顔をひきつらせた。

「俺はべつに逃げるつもりはないよ。な、殴れよ。それでも気がすまないなら、裁判起こしたっていい。たしかに俺は、それだけのことをしたと思ってるから。でも……」

貞本は唇をぶるぶる震わせ、

「欲求不満の解消はお互い様だったと思うよ。言い訳じゃなくて、亮子さんも相当溜まってたというか……おまえ、実際セックスレスだったわけだろ？」

「そ、そんなこと……ねえよ」

　神倉は憮然として貞本の襟首から手を離した。

　この半年ほどセックスレスなのは、浮気事件がきっかけでそうなったのであって、その前は月に一、二度くらい、夫婦生活を営んでいた。

「いや、俺が言うのもあれだけどさ……」

　貞本は乱れた襟を直し、ビールを喉に流しこんだ。

「亮子さんって……かなりの好き者だろ？　たしかに毎晩付き合うのはしんどいと思うよ。でも、やっぱり多少は満足させてやらないと……」

「好き者って、亮子がか？」

「ああ」

　貞本はきっぱりとうなずいた。居直っているわけではなく、真顔だった。そのことがよけいに深く神倉を傷つけた。声を出すのがしんどいくらい喉が渇いてきたので、缶ビールのプルトップを開けて飲んだ。

「おまえ……さっきから言いたい放題だけど、俺にはちょっと信じられんぜ。あいつはどっちかっていうと、ベッドじゃ淡泊《たんぱく》な……」

「これだけは信じてくれ」

貞本は遮って言った。

「俺はおまえを……おまえと奥さんを愚弄《ぐろう》するつもりは、これっぽっちもない。嘘をつく気も、責任逃れをする気もな……」

慎重に言葉を選びながら話を続ける。

「だが、本当だよ。好き者って言い方が悪けりゃ、性的な欲求がものすごく強いっていうかさ」

「どんだけ強いんだ？」

「それは……」

貞本のしかめた顔が、みるみる赤く染まっていった。

「たとえば……ラブホテルで休憩するとするだろ。二時間の間に、三回は求めてくる。こっちも四十だから三回目はきついんだが、亮子さんは自分が上になってイクまでガンガン腰使って……」

「……嘘つけ」

神倉が失笑すると、

「嘘じゃない」

貞本はどこまでも真剣な顔でかぶりを振った。

「いや、嘘だ……」

神倉は、亮子に三回も続けて求められたことはなかった。体位だって、正常位一本槍だ。騎乗位やバックでの挿入を求めてもやんわりと断られるし、オーラルセックスさえまともに応じてくれないのである。

結婚相手は、なにもセックスの相性だけで選ぶわけではない。だから、亮子のベッドでの振る舞いに物足りなさを覚えつつも、文句を言ったことなどない。

ただ、由奈と付き合ってみてよくわかった。神倉が自分自身を性的に淡泊な男だと思ってきたのは、長らく亮子がセックスのパートナーだったからだ。相手が代われば、どこまでもすけべで、好色な男になれるのだ。

（……んっ？）

直感、あるいは本能が働いたとしか言い様がない。次の言葉を探していた神倉の眼に、あるものが飛びこんできた。

リビングの壁際に置かれた四十インチを超える巨大な液晶テレビ、その下に最新式の小型ＤＶＤカメラが転がっていた。室内は整理整頓が行き届いているのに、そこだけコードが乱雑に散らかっている。

「ハッ、おまえ、カメラなんて苦手だったはずじゃないか。好き者の人妻と、ハメ撮りでも楽しんでるのかよ？」

ほんの軽口のつもりだったが、貞本の顔色が変わった。あからさまに挙動不審になり、きょろきょろと眼を泳がせる。

「おい、まさか……」

「い、いや、だから、それだって亮子さんに頼まれて買ったんだぜ。十万円もしたんだ。わたし一度でいいから、自分がしてるところ見てみたいの……なんて言われて……」

焦《あせ》って言い訳する貞本の言葉に、今度は神倉の顔色が変わった。

つまりその小さなカメラのなかには、亮子の媚態が映ったＤＶＤが収まっているのだ。間男が「好き者」と断言する、夫の知らない淫らな妻の姿が。

（まさか、そんなことまで……）

動揺が眩暈《めまい》を誘い、動悸が怖いくらいに乱れきっていく。

「……見せてくれよ」

神倉はふうふうと肩で息をしながら言った。

「俺には、亮子がおまえの言うような女だとは思えない。自分から男を誘ったり、男にまたがったり……だから、そのビデオを見せてくれ」

貞本があんぐりと口を開く。

「早くしろっ！」

神倉が声を荒らげると、貞本はびくんと身をすくめ、

「……い、いいさ」

怖々と神倉を見つめながら、震える声でつぶやいた。

「見れば亮子さんがどんな女かわかると思う。俺が一方的にたぶらかしてたわけじゃないって、わかってもらえると……」

ぶつぶつ言いながら腰をあげ、液晶テレビの方に向かっていく。リモコンを操作して、衝撃のハメ撮り映像を再生する準備を整えていく。


神倉は人気のない住宅街を夜風に吹かれながら歩いていた。

鞄のなかには貞本から借りたＤＶＤカメラが入っている。最新式の小型カメラなのに、ずっしりと重い。そのなかに、妻と親友のハメ撮り映像が収まっているからだろう。

「……待てっ！」

先ほどハメ撮り映像を再生しようとした貞本を、神倉は寸前で制した。それを見て平常心を保てる自信がなかった。ＤＶＤを持って帰ってひとりで見たいと申し出ると、貞本も

どこか安堵した様子で、カメラごとDVDを渡してくれた。

駅前で見つけたインターネットカフェに入った。

六畳ひと間の安アパートに帰ろうと思っていたのだが、一刻も早く妻の本性を知りたくて、いても立ってもいられなくなってしまった。

粗末なベニヤ板で仕切られた、一畳にも満たない狭い個室に通された。

仮眠をとるためだろう。椅子はなく絨毯《じゅうたん》敷きになっている。

神倉は座布団の上であぐらをかき、早速鞄からDVDカメラを取りだした。ネットカフェのテーブルには液晶テレビが設置されていたが、カメラに付属している小型の液晶モニターでも見ることはできる。

とてもじゃないが、大きな画面で見る気はしない。音が外にもれないようにイヤホンを着けて、再生ボタンを押す。

「……どう？　素敵なランジェリーでしょう」

亮子の声が耳に飛びこんできた。ラブホテルだろうか。揺れる画面が、派手な装飾のベッドやソファ、壁や床を映しだしている。

やがて画面の揺れがおさまり、ベッドの前に立った亮子が姿を現わした。服を着けていなかった。豪奢《ごうしゃ》なレースに飾られた、燃えるようなワインレッドのブラジャーとパンティだけを裸身にまとっていた。

（あいつ、こんな下着、持ってたのか……）

啞然とする神倉をあざ笑うように、画面のなかの亮子はモデルのように次々とポーズをつけ、高級ランジェリーに飾られた女盛りの肢体を誇示した。

ブラからのぞく胸の谷間や、むっちりと肉づきのいい太腿から、三十六歳の熟れた色香が漂ってくる。

「すごく色っぽいよ……」

画面の外から声がした。撮影者である貞本の声だ。

「ふふっ、もう勃っちゃった？」

亮子は淫靡な流し目で微笑んだ。

「ああ」

貞本が答えると、亮子はカメラに近づいてきてしゃがんだ。画面が追いかけて、しゃがんだ亮子を上からとらえる。上目遣いでカメラを見つめる亮子の瞳はねっとりと濡れ、ぞくぞくするほど挑発的である。

「本当ね。とっても硬い」

亮子は、もっこりと盛りあがった男のテントを撫でまわした。息を呑むほどいやらしい手つきで刺激しながら、ベルトをはずし、ファスナーをおろしていく。隆々と反り返った赤黒いペニスが、画面に映った。

(……ギンギンに勃ってやがる)

神倉はおぞましさに身震いした。自分以外の勃起したペニスを眺める機会など普通はない。ましてやそのすぐ側には、妻の亮子の顔があるのだ。

「あのねえ……」

亮子は甘えるような、媚びるような声でささやいた。

「今日は少し遅くなってもいいの。だから、いつもよりたくさんしてね」

はずむ吐息まで淫ら色に染めて、肉茎に指をからめていく。

(や、やめろっ！　貞本のものなんて、舐めるな……舐めないでくれえっ……)

神倉は心のなかで絶叫した。しかし、それがビデオのなかに届くはずもなく、亮子は大胆に舌を差しだし、ねろり、ねろり、と亀頭を舐めまわしはじめた。

「ぅんっ……ぅんんっ……」

亀頭からカリ首にかけて瞬く間に唾液まみれにすると、亮子は続いて、唇を淫らなOの字にひろげた。

「んあっ……」

野太く勃起した貞本のペニスを咥えこみ、唇をいやらしくスライドさせる。双頬をすぼませ、じゅるっ、じゅるるっ、と音をたてて亀頭を吸いしゃぶる。

(なんてフェラチオだ……)

DVDカメラの小型液晶モニターを睨むように見つめながら、神倉は全身の血が沸騰していくのを感じた。

(俺には……俺にはこんなこと、してくれたことないじゃないか……)

容姿はたしかに、七年間生活をともにしている妻に違いなかったが、振る舞いはほとんど別人である。

夫の神倉がオーラルセックスを求めても断るくせに、浮気相手の貞本にはひざまずいて熱烈な舌奉仕とは、驚きを通りこして薄ら寒い気分になる。しかも、その様子をカメラで撮られているのに平然とし、むしろ撮られていることに興奮しているようだ。これがあの、プライドの高い亮子の本性なのだろうか。

「た、たまらないよ……」

画面の外から、貞本が言う。

「そ、そんなにされたら、出ちゃいそうだ……」

「……んんあっ！」

亮子はカメラ眼線で満足げに微笑むと、ペニスを口から吐きだした。

「ダメよう、まだ出しちゃ……」

唾液にまみれた口のまわりを拭いながら立ちあがると、ワインレッドの下着に飾られた肢体をしゃなりしゃなりと揺らめかせてベッドに進み、仰向けに体を横たえた。

すぐにカメラが追いかけていく。

すると亮子は、カメラに向けて両脚をM字に開いた。

ワインレッドのパンティを股間にぴっちり食いこませ、こんもりと盛りあがった恥丘の形を露わにした。

「大胆だな……」

画面の外から貞本が言うと、

「ねえ、せっかく素敵なランジェリーを着けてるんだから、このましない？」

亮子は挑発的にささやき、パンティ越しに女の割れ目を指でなぞりたてる。

「いいねえ」

画面の外で、貞本が笑う。映っていなくとも、すけべったらしい粘《ねば》ついた笑みを浮かべているのがありありと伝わってくる。

「それじゃあ、まずは自分で触ってごらんよ。パンティの上から」

「ふふっ、エッチ」

亮子は瞳をじゅんと潤ませて、指の動きを大胆にしていく。尺取り虫が這うような、あからさまに自慰を彷彿《ほうふつ》とさせるやり方で、パンティ越しに女の割れ目を撫でさする。品のあるパールカラーのマニキュアが施された爪で、割れ目の縦筋を何度もなぞる。

「んんっ……あああっ……」

半開きの唇から淫らな声をもらし、身をくねらせるその姿は、さながらストリッパーかAV女優だった。「わたし、仕事は一生続けたいの。恋愛や家庭をどうしても仕事より重く考えられない」と結婚前から公言していたキャリアウーマンの面影は、もうどこにも見当たらない。

（や、やめろ、亮子っ……頼むから、馬鹿なことはやめてくれっ……）

祈るような神倉の気持ちを踏みにじるように、

「んああっ……」

亮子は淫らがましく身悶えながら、指先をパンティの股布に忍びこませていった。フロント部分をぺろりとめくり、草むらを露わにした。黒々と茂った繊毛が、ハリネズミのよう逆立っている。

「いやらしいな」

貞本が卑猥に笑う。

「そこの毛が逆立ってるのは、興奮している証拠だよ」

「ああんっ、いやんっ……」

亮子は鼻にかかった媚《こ》びるような声を出し、さらに大胆にパンティのフロント部分を片側に寄せた。あられもないM字に開かれた両脚の間で、三十六歳の女の花が艶やかに咲き誇る。

（りょ、亮子っ！　いまのおまえは娼婦だっ！　薄汚い、恥知らずな淫売だっ……）

神倉は眼を血走らせ、心のなかで絶叫した。頭の血管が、ぶちぶちと音をたてて切れてしまいそうだった。

「ねえ、見て……もっと見て……」

亮子はウィスパーボイスでささやきながら腰をあげ、M字開脚の中心を出張らせた。

カメラが寄り、三十六歳の女の花が画面いっぱいに映しだされる。

花びらは大ぶりで、色素沈着で黒ずんでいたけれど、ぞっとするほどいやらしかった。巻き貝のように縮れながら口を閉じた合わせ目から、早くも匂いたつ粘液を滲ませ、てらてらと濡れ光っているせいかもしれない。

「ああっ、見られてると感じてきちゃう」

濡れた恥部をさらけだした亮子が身悶えると、

「それじゃあ、もっとよく見てやろうか」

貞本が画面の外から言い、亮子の股間に手を伸ばしていった。

その指が、女の花びらに触れた瞬間、神倉はびくんっと背筋を震わせた。

ジェラシーと呼ぶにはあまりに激しい感情が身の底からこみあげてきて、顔面が火を噴きそうなほど熱くなっていく。

神倉が打ちのめされていることなどおかまいなしに、衝撃の場面は続いた。

貞本の親指と人差し指が割れ目の両サイドをとらえ、輪ゴムをひろげるようにぐいっとくつろげていく。びらびらした黒い花びらが左右にめくられ、ぬらぬらと濡れ光る薄桃色の粘膜がクローズアップになる。

「そーら。亮子の恥ずかしいところ、全部丸見えだ」

神倉は憤怒《ふんぬ》で卒倒しそうになった。親友の妻を興奮にまかせて呼び捨てにした貞本はもちろん、夫がありながら嬉々《きき》として恥部をいじらせている妻に対しても、殺意にも似た感情を覚えてしまう。

「ああっ、いやあっ……いやようっ……」

言葉とは裏腹に、亮子の声音はどこまでもいやらしく湿っている。

カメラが引いて再び全身が映ると、亮子は見られる悦びに全身をくねらせていた。もっと見てとばかりにパンティのフロント部分を片側に寄せきり、弓を引くようにM字開脚の角度を鋭くしていく。

「あぁうううーっ！」

不意に白い喉を見せて、獣じみた悲鳴を放った。

貞本の指が割れ目をくつろげるのをやめ、ぶすりっと突き刺さったからだ。

「むうう、熱いっ……熱いぞっ……」

貞本はカメラを持つ手を興奮に震わせながら、割れ目に突き刺した指を動かしはじめた。まずは蜜壺にびっしり詰まった肉ひだを攪拌《かくはん》するようにゆっくりと、やがて大ぶりの花びらをめくりあげながら、ずぶずぶと指を出し入れした。

「ああっ……あああっ……」

首に筋を立てて悶える亮子は、半開きの唇からとめどもない悲鳴をこぼし、指を埋めこまれた女の割れ目からは発情のエキスをしとどに漏らした。

貞本の指は割れ目から抜かれるたびに、ぬらぬらした蜜色の光沢をまとって、女体の発情を伝えてくる。ずちゅっ、ぐちゅっ、という耳障りな音がどこまでも高まり、亮子がひいひいと喉を絞る。

（ゆ、許さないぞっ……おまえら絶対、許さないからなっ……）

絶望にも似た怒りや哀しみ、そして言い様のないやるせなさが、神倉の眼にいつしか、熱い涙を滲ませていた。

妻の体が他の男の手によってもてあそばれている様子を見ることは、地獄の釜で煮られるような責め苦だった。

この半年あまり、すっかり関係が冷えきってしまっていても、それは同じだ。男として、妻を寝取られること以上にプライドを挫《くじ》かれることはない。

「ああっ、たまらないわ……もうちょうだい……」

DVDカメラの液晶モニターのなかで、亮子が豊満な尻を突きだした。

四つん這いになった三十六歳のボディは、燃えるようなワインレッドのランジェリーに飾られていた。

しかし、パンティの股布が片側に寄せられ、女の恥部が剝きだしである。黒ずんだ花びらがめくれあがった隙間から、濡れ光る薄紅色の粘膜が露わになり、結合を求めるようにひくひくとうごめいている。

（バックでしようっていうのか……）

液晶モニターを見つめる神倉は、涙に濡れた眼をこすった。夫婦の閨房《けいぼう》で亮子は、「後ろからするなんて動物みたい」と、後背位をひどく嫌っていた。

（俺とはできなくても、貞本とならできるわけか……牝犬みたいな格好で、盛れるってわけか……）

カメラがテーブルに置かれたらしい。手持ちで揺れていた画面が固定され、裸身の男がフレームインしてくる。イチモツをいきり勃たせた貞本が、亮子の尻にむしゃぶりついていく。

「ふふっ、亮子はワンワンスタイルが大好きだもんなあ」

舐めるような手つきで尻丘を撫でまわし、真っ赤に上気した顔で桃割れをのぞきこむ。濡れた女陰にほくそ笑みながら、イチモツを割れ目にあてがっていく。

「やあんっ、変なこと言わないで……早くちょうだい」

亮子は鼻にかかった甘い声を出し、突きだした豊満な尻を左右に振る。小さな液晶画面越しにも、女盛りの熟れきったフェロモンがむんむんと漂ってくる。

「いくぞ……」

貞本が亮子のくびれた腰を両手でつかみ、挿入を開始した。

カメラはバックスタイルで繋がろうとしている男女を横から撮影しているので、女体に男根が突き刺さる様が生々しく映しだされる。

貞本は焦らずゆっくりと、亮子のなかに入っていった。半分ほど挿入したところで細かく出し入れを繰り返し、肉と肉とを馴染ませてから、一気に根元まで埋めこんだ。

「はぁあああああああーっ！」

亮子がのけぞる。

「むううっ……」

貞本は男根に密着してくる女のひだを味わうように、粘っこく腰をグラインドさせた。

「んんっ……んあああっ……」

亮子があえぐ。ペニスを咥えこんだ豊満なヒップをわななかせ、喜悦を噛みしめるように両手でシーツをぎゅっと握りしめる。

「ぬるぬるだっ……奥の奥までぬるぬるだっ……」

貞本はうわごとのように言いながら、律動を速めていった。ベッドを軋《きし》ませ、四つん這いの女尻をパンパンッ、パンパンッ、と高らかに鳴らして、渾身のストロークを送りこんでいく。

「はぁああっ……はぁあああっ……はぁあああーっ！」

イヤホン越しにあられもない悲鳴を聞かされ、神倉は激しい眩暈に襲われた。

四つん這いで乱れる亮子は、まるで獣だった。盛りのついた牝犬そのものだった。

仕事熱心なキャリアウーマンである普段の姿を見せつけられているだけに、よけいにそう感じてしまう。

「たまらんっ……たまらないよ、亮子っ……ああ、亮子っ……」

貞本は人の女房を馴れなれしく呼び捨てながら、熱烈に腰を振りたてた。

女肉をむさぼる興奮を、全身から発散していた。

ブラジャーのホックをはずした。

支えを失ったカップのなかに両手をすべりこませ、もっちりと熟れた双乳を揉みくちゃにした。

「ああっ、すごいっ！　すごいわっ！」

夫婦の閨房では見せたこともない媚態をさらし、亮子は恍惚の階段を駆けあがっていく。

「そ、そんなにしたら、イクッ……イッちゃうっ……」

「ふふっ、そんなにあわててイクことはないさ」

貞本は腰の動きをスローダウンさせ、亮子の背中にささやいた。

「せっかくだから、ハメているところもばっちり撮っておこうじゃないか」

「えっ……」

戸惑う亮子を後ろから抱えあげ、貞本は体位を変えていく。背面騎乗位で亮子の両脚をM字に開き、結合部分をカメラに向けてくる。

「ああっ、いやっ！　は、恥ずかしいっ！」

亮子が羞じらってカメラから顔をそむけた。

「ふふふっ、照れるなよ。自分がしているところを見てみたいって言ったのは、きみのほうじゃないか。そーら……」

貞本は後ろから両手をまわし、おのが男根でぶっすりと貫いている女の割れ目を指でひろげた。男女の肉と肉が隙間なく密着している様子をカメラに見せつけつつ、下から律動を送りこんでいく。ベッドのスプリングがぎしぎしと軋む。

「いやいやいやっ……いやようっ……はぁあああううーっ！」

亮子が羞じらいの表情を見せたのはほんの一瞬のことで、下から力強く突きあげられると、瞬く間に発情した獣の顔を取り戻した。

いや、獣どころの話ではない。潤みきった眼を細めて、カメラをうかがってくる。人としてもっとも恥ずかしい瞬間を撮影されていることに、欲情の炎を燃やしているのだ。

（いったい、どこまで乱れれば気がすむんだ……）

神倉はぎりぎりと歯嚙みした。

背面騎乗位で結合部を見せつける演出はＡＶではありがちなパターンだが、行なっているのが妻となれば話はまったく違う。

しかも、モザイクなど入っていない、完全無修正映像だ。獣欲にみなぎりきった男根が、ずちゅっ、ぐちゅっ、と淫らがましい肉ずれ音をたてながら、剝き身の女陰を犯しているのである。

「あああああっ……いいっ！　いいいいいーっ！」

亮子は反り返った四肢を跳ねあげ、結合部から飛沫のように発情のエキスを飛ばした。いやらしく逆立った恥毛から内腿まで匂いたつ粘液でぐっしょり濡らし、よく見れば唇からは、嬌声とともによだれまで垂らしていた。

「いっ、いやっ……いやいやいやいやっ……」

ちぎれんばかりに首を振り、唾を飛ばして切羽つまった悲鳴をあげる。

「どうだっ！　イクのかっ！　もうイッてもいいぞっ！」

貞本が下からぐいぐいと責める。

「ああっ、突いてっ！　もっと突いてっ！」

「こうかっ！　こうかっ！」

「イッ、イクッ！　イクウウウウウウウウウーッ！」

あられもないM字開脚の体をぎゅっと硬直させ、次の瞬間、びくんっ、びくんっ、とオルガスムスの痙攣に打ち震えた。

「はっ、はぁおおおおおおおおおおっ……」

汗と恥蜜にまみれ、喜悦によがる女体は三十六歳とは思えないほど若々しく、生命の躍動すら感じたけれど、よだれを垂らし、白眼を向いた顔はどこまでも品性を欠いていた。

（な、なんてこった……）

我を忘れて恍惚を求める女の姿は、かくも卑しいものなのか。夫婦の営みのときにはこちらも夢中で腰を使っているので気がつかなかったが、こうして映像を通して見ると、妻はけっして仕事に生き甲斐を見いだしているだけの女ではなく、肉欲に溺れるために生まれてきたのではないかと見紛《みまが》ってしまう。

「あああっ、またイクッ！　続けてイッちゃううう－っ！」

神倉はビデオのスイッチを切った。

イヤホンからなにも聞こえてこなくなっても、耳の底には妻のあられもない悲鳴がこびりつき、ズボンの下では痛いくらいに勃起していた。

自分はいまでも妻を愛しているのだろうか、と神倉は自問した。

にわかに答えは出なかった。

ネットカフェの狭い個室に寝ころんで、眼をつぶった。

亮子と知りあったのはいまから八年前になる。神倉が三十二歳、亮子が二十八歳のときのことだ。場所は友人の結婚式の二次会。神倉は新郎の友人、亮子が新婦の友人として参列していた。

偶然、テーブルで隣同士になり、名を名乗りあった。

亮子を見た第一印象は、「若いのにしっかりしてそうな人だな」というものだった。端整な細面の顔立ちは美人と呼んでよく、ストレートの長い黒髪はシャンプーのコマーシャルに出てくるモデルのようだったけれど、いささか地味なグレイのスーツに身を包んでいたからである。

ある意味、目立っていた。二次会の会場は洒落た一軒家ふうのレストランだったので、女の出席者たちは競いあうように華やかなドレスで着飾っていた。お色直しをした新婦より派手な者までいたくらいだ。

「仕事の帰りなんです」

神倉の視線を感じてか、亮子は地味なスーツ姿である言い訳を自分からした。

「ドレスじゃ仕事に行けませんから……」

「日曜日なのに仕事だったの？」

神倉が訊ねると、

「はい」

亮子は妙に誇らしげに胸を張った。

「相手が作家さんだから、曜日とか関係ないんです。普段別の仕事をしている人は、逆に日曜日くらいしか打ち合わせの時間がとれないし」

「作家さん？」

「あ、わたし、絵本の編集をしてるんです」

首をひねった神倉に、亮子は名刺を差しだした。児童向けの本をつくる出版社として、それなりに名の知れた会社の名前が印刷してあった。

「へえ、絵本の編集者さんかあ、楽しそうですね」

「楽しいですよ」

答える亮子はやはり誇らしげに胸を張り、どんな絵本をつくっているのか丁寧に説明してくれた。話の内容は忘れてしまったけれど、そのときの亮子の表情がひどくまぶしかったことは、いまでもよく覚えている。

年は四つも下だったが、亮子は初めから自立した女だった。仕事に誇りをもち、女だからと甘えたところがひとつもなかった。その後、デートするような間柄になると、急な仕事を理由にドタキャンされることも珍しくなかったけれど、神倉は怒りを覚えたことは一度もない。

亮子の自立したところに惹《ひ》かれていたからだろう。

仕事以外でも、亮子はすべてに対して自分の意見をもっていた。デートする場所や、旅行のコースや、レストランの選択について、かならず自分から希望を述べた。けっして押しつけがましかったわけではない。神倉と意見が分かれると、理路整然とした理由を並べて静かに説得してきた。

そういう女が鬱陶《うっとう》しいと思う男もいるだろうが、神倉は意外に平気だった。それどころか、自分で決めなくていいから楽だとさえ思い、そのうち反論もしなくなった。

逆に亮子は、なんでも自分で決められることが楽だったのだろう。

プロポーズを受けてくれたのは、神倉が男らしい男ではなく、自己主張の薄いタイプだったからに違いない。

(別れるか……それしかないのか……)

深く息をつき、コンクリートが剝きだしになっているネットカフェの天井を見上げる。

体を重ねる関係になっても、ベッドのなかのイニシアチブは亮子に握られていた。自分から積極的にリードしてきたわけではない。そうではなく、自分のしたくないことは断固として受けいれてくれなかった。

フェラチオもそうだし、体位についてもそうだ。自分から誘ってくることはけっしてなく、そのかわり、神倉が誘っても乗り気じゃないときははっきりと拒んだ。

性的に淡泊なのだろうと思った。

仕事に情熱を傾けているのでそれが不自然だとは思わなかったし、それまで神倉が付き合ってきた女たちもそんなものだったので、あまり落胆はしなかった。いや、しないようにした、と言ったほうが正確かもしれない。

神倉は当時、結婚を焦っていた。三十路に足を踏みこんでしまったことだし、亮子のような女と家庭をもつのは悪くはないと思っていた。

男女の関係は、セックスだけが重要なのではない。しかも、まったくまじわりがないというのではなく、それなりに満足は得られるのである。フェラチオをしてもらえないことや、正常位以外の体位を許してもらえないことくらい、眼をつぶってもかまわないではないか。

亮子は一生続ける仕事をもっていて、稼ぎだって悪くはない。ふたりで力を合わせれば、新築のマンションが買え、小遣いにだって困らない。亮子が仕事をしながらでも家事に手を抜かないであろうことは、恋人時代の一年間でよくわかっていた。

だが――。

結局は、あのとき眼をつぶったセックスに、思いも寄らない形で復讐された。それが理由で、ふたりの結婚生活は崩壊しようとしていた。

半年前、亮子の浮気が発覚したとき、もっと真剣に向きあっておけばよかったのだろうか。自分が心に負った傷のことばかり考えていないで、修羅場になってもいいから浮気の相手や理由を問いただすべきだったのかもしれない。

神倉はたぶん、亮子がほんのちょっとした気の迷いで浮気してしまったのだろうと、高を括っていたのだ。

亮子の――女の欲望を軽く見すぎていたのである。

(ちくしょう……)

握りしめたDVDカメラは、手のひらにかいた汗でぬるぬるとすべった。小型液晶モニターにはもうなにも映っていなかったけれど、先ほどまで映しだされていた淫らすぎる男女のまぐわいは、いまもありありと脳裏に焼きついている。

おそらく、一生消えることはないだろう。他の男と、しかも神倉の長年の親友である男との、ここまで激しいセックスを見せつけられれば、もはや関係の修復は不可能だ。

しかしそのとき、もうひとりの自分が耳元でささやいた。

（おまえだって同じじゃないか……浮気してるじゃないか……）

たしかにそうだった。

いままさに二十歳の女子大生との関係にのめりこんでいるのだから、浮気をした妻を責める権利など、どこにもありはしないのである。

（要するに、似たもの夫婦だったってわけか……）

表面的には、どこにでもいる世間なみの夫婦に見えるだろう。子持ちの友人からは、小遣いに不自由しないＤＩＮＫＳの生活を羨ましがられることもしばしばある。

けれども、ひと皮剝いてみればこの有様だ。

お互いに外で相手を見つけて、戸籍上のパートナーには見せない下劣さで、変態じみた行為に溺れている。みずからハメ撮りを乞う亮子も亮子なら、神倉も神倉だ。由奈の処女を奪わぬままオーラルセックスだけに淫するという、人が聞けば軽蔑されても仕方がない倒錯した関係に夢中になっている。

夫婦とはいったいなんだろう。

ふたりがひとつ屋根の下で過ごした七年間は、いったいなんだったのだろう。お互い何枚の仮面を被り、どれほどの虚偽にまみれて暮らしてきたのか。

「あああっ、またイクッ！　続けてイッちゃううう—っ！」

ビデオをもう一度再生させると、耳に入れっぱなしだったイヤホンから獣じみた妻の悲鳴が響いてきた。液晶モニターには、M字開脚の背面騎乗位で下から突きあげられている妻の姿が現われた。

「イクイクイクッ！　イクウウウーッ！」

男根を咥えこんだ女の割れ目から練乳のような本気汁を垂れ流してゆき果てる亮子の姿は、人間としての表皮をすべて脱ぎ捨てた単なる獣の牝だった。

こんなに乱れた姿は見たことがない。

夫婦の閨房でも、亮子は何度となく「イク」という言葉を口にしていたけれど、これが彼女本来のオルガスムスの姿なら、閨房での振る舞いはすべて偽物だろう。

「あら、おかえりなさい」

神倉が自宅マンションのドアを開けると、玄関前の廊下で妻の亮子と鉢合《はちあ》わせた。

ちょうど風呂場から出てきたところらしい。湯上がりでピンク色に上気した肌に白いバスタオルを巻き、頭にも同じ色のタオルを巻いている。

「今日はいつもより早いのね。夕ご飯食べちゃったけど」

「ああ」

神倉はぞんざいに答えてリビングに進んだ。

時刻は午後十一時。最近は自宅とは別に借りている安アパートで終電まで過ごしているのが常なので、こんな時間でも早く感じるらしい。

（ったく、さっぱりした顔しやがってっ！）

コートと鞄をソファに放り投げた神倉は、リビングの中心で仁王立ちになった。

胸にざわめく感情はひどく複雑で、まだどう切りだせばいいか整理がついていない。

鞄のなかには、浮気の動かぬ証拠であるハメ撮りビデオが入っている。亮子の出方によっては、七年間続いた結婚生活にピリオドを打たなければならない。覚悟して帰ってきたつもりだが、そう思うとやはり、心が震える。

「あなたもお風呂に入れば」

亮子が火照った顔を輝かせてリビングにやってきた。

「お湯、まだ温かいし」

「あとでいい」

「じゃあ、ビールでも飲む？」

神倉は首を横に振り、亮子を睨みつけた。顔がやけにつやつやして見えるのは、風呂上がりのせいだけだろうか。外で存分に欲望を満たしているから、女性ホルモンの分泌が盛んになっているのではないか。

「どうしたのよ、こわい顔して」

唇の片端だけをもちあげて、皮肉めいた笑みを浮かべた。会社に行けば何人もの部下をもつキャリアウーマンらしい癖《くせ》と言えば癖だが、その人を見下したような笑い方が、この半年間、ひどく癇《かん》に障るようになっていた。

「おい……」

「えっ、なに？」

神倉が唐突に抱きしめたので、亮子は声を上ずらせた。風呂上がりでぬくぬくと上気した女体からは、清潔なシャボンの匂いがした。この体はしかし、清潔ではない。夫の眼を盗んで、他の男と淫蕩の限りを尽くしている。

「たまにはしようぜ」

自分でも思ってもみなかった言葉が、口からこぼれた。

「し、しようって……なによ突然……」

狼狽《うろた》える亮子の顔を、息がかかる距離で見つめる。必死になって笑おうとしているが、風呂上がりで上気した顔はひきつりきっている。

「いいじゃないか。俺たち夫婦なんだから」

「そ、そりゃあ、いいけど……だったら、あなたもお風呂に入ってきてよ……寝室で待ってるから……」

「うるさいっ！」

神倉は怒声をあげ、亮子の頭に巻かれたタオルを乱暴に取った。濡れた黒髪がざんばらに流れ落ち、シャンプーの残り香があたりにひろがっていく。

濡れ乱れた髪の向こうで、亮子の顔は放心していた。神倉が怒声をあげたことなど、結婚してから初めてのことなのだ。

「裸になれよ……」

神倉は亮子に気を取り直す隙を与えず、体に巻かれたバスタオルも奪った。すっかり熟れきった三十六歳の肉体を、リビングの蛍光灯の下でさらけだしてやった。

「きゃあっ！」

年甲斐もなく少女じみた悲鳴をあげた亮子の肩をつかみ、足元にしゃがませる。

「な、なにをするの……」

声を震わせ、怯えた眼を向けてくる妻に見せつけるようにして、神倉はベルトをはずし、ズボンのファスナーをさげた。軋みをあげて反り返った男根が、鬼の形相でリビングの天井を睨みつける。

ネットカフェでハメ撮り映像を見てから、ずっと勃起しっぱなしだった。おかげで電車に乗ることができず、タクシーで帰宅したくらいだ。

「舐めるんだ」

神倉は腰を反らせて勃起しきったペニスを誇示し、足元の亮子を睨みつける。

今日一日ブリーフに閉じこめてあったイチモツは、男くさいホルモン臭をむんむんと放っていた。たとえフェラチオを頼むにしても、シャワーも浴びていない状態で迫るなど、いつもなら考えられない。

「あ、あなた……酔ってるの？」

神倉の様子が普段とあまりに違うので、亮子は怒りだすタイミングを逸したまま、ただ戸惑いばかりを顔に浮かべている。いや、恐怖すら感じているらしく、バスタオルを奪われた裸身を隠すように、身をすくめる。

「酔ってなんかいるもんか」

神倉は亮子の濡れた黒髪を乱暴につかんだ。

「妻なんだから、夫のチ×ポくらい舐められるだろ」

自分でも驚くほど悪辣な言葉が口から飛びだし、その勢いに乗って、猛りたつ分身を亮子の唇にねじりこんでしまう。

「んっ、んぐぅーっ！」

亮子が眼を見開き、鼻奥から悲鳴をあげる。神倉はそれでも強引に、根元までずぶずぶと口唇に埋めこんでいく。

（これじゃあ、まるでレイプじゃないか……）

生温かい口内粘膜をペニスで感じながら、背中に戦慄が這いあがっていった。

こんなことをするつもりではなかった。

少なくとも、まずは亮子の言い分を聞いてやろうと思って家に帰ってきた。

けれども、身の底から暴力的な衝動が突きあげてくる。

抗《あらが》いがたい勢いで、全身と言葉を支配していく。

ドメスティック・バイオレンスが問題視されている現在、籍の入った夫婦であっても、同意に基づかないセックスには強姦罪が適用されることもあるらしい。

かまいやしなかった。

法律以前に裁かれなくてはならない、男と女のルールというものだってあるはずだ。夫の親友のイチモツは欲情に眼を潤ませてしゃぶりまわしておきながら、夫のものは舐められないとは言わせない。

「そらっ！　そらっ！　しっかり舐めるんだ」

両手で頭を鷲づかみにし、腰を振りたてる。血管が稲妻のように浮きあがった肉竿で、唇の裏側をこすりたてていく。

「ぅんぐっ……ぅんぐっ……」

涙眼になった亮子が、裸身をくねらせていやいやをする。胸元で、豊満な双乳が揺れはずんでいる。それが貞本が好き放題に揉みしだいていた乳房だと思うと、五体が火だるまに燃えあがっていく。

「どうした？　もっと気持ちよくなるようにやってくれよ。本当はできるんだろう？　しゃぶるんだよ。舌だって使うんだよ。そらっ！　そらっ！　気持ちよくしてくれないと、いつまで経っても終わらないぞ」

「ぅんぐっ……んぅぐぐぐーっ！」

顔ごと犯すような勢いで腰を振りたてると、亮子の頬に涙が伝った。それが白旗であるかのように、亮子は抵抗も哀願もやめた。泣きながらペニスを吸いしゃぶり、口内でねろねろと舌を使いはじめた。

妻の泣き顔を見るのは、初めてかもしれなかった。だが、不思議なくらい罪悪感を感じない。

それどころか、むしろ昂ぶった。浮気に対する怒りや嫉妬が燃え狂い、欲情だけをどこまでも鋭く尖らせていく。

「おいっ！　手が休んでるじゃないか。おまえには、夫を悦ばせようっていう気があるのか？」

亮子の手を取り、右手でペニスをしごかせ、左手でふぐりを揉ませた。したたかに腰を振りたてて、沸騰するほど煮えたぎった我慢汁を、亮子の口内にどっと漏らした。

「ぐっ、ぅんああっ……」

唇からペニスを引き抜くと、亮子はよよとばかりに床に倒れた。執拗なイラマチオで閉じることのできなくなった口から大量の唾液をこぼしながら、恨みがましい眼で睨んできた。

（ちくしょう、ふざけやがって……）

神倉は仁王立ちのままハアハアと肩で息をし、妻を見下ろした。いかにも無理やり口腔奉仕を強要されたというその態度が、気にくわなかった。貞本のイチモツは自分から積極的に舐めしゃぶっていたくせに、夫にされるのはそんなに嫌なのか。

「立つんだ」

腕を取って立ちあがらせようとすると、

「ま、待って……」

亮子は頬に涙の跡をつけた顔を左右に振った。

「いったいどうしたの？　どうしてこんな乱暴なこと……」

「いいから立つんだよ」

「や、やめてっ……ううっ！」

神倉は腕を引っ張って亮子を強引に立たせ、テーブルに両手をつかせた。湯上がりの亮子は一糸《いっし》まとわぬ丸裸だった。剝きだしの尻を突きださせると、豊満に肉づいた尻丘から、三十六歳の濃厚な色香が匂ってきた。

「あなた、お願いっ……寝室に……寝室に行きましょう……」

神倉は聞く耳をもたず、上に向けた手のひらを、尻の桃割れに忍びこませていく。

「あうううっ！」

亮子の口から痛切な悲鳴が迸った。

「お、おい……」

神倉は唇を震わせた。ぎらぎらと眼を輝かせて、乱れた髪に隠そうとしている妻の顔をのぞきこんでいく。

「ぐっしょりじゃないか？」

「ううう っ……」

亮子が羞じらいに眼をそむける。

風呂上がりの残滓《ざんし》ではない。かなり強引に、半ば犯すようにしてイラマチオを行なったにもかかわらず、亮子の女陰はねっとりした蜜をまとっていた。指でなぞると花びらは簡単にほつれて熱い粘液をあふれさせ、にちゃにちゃといやらしい音がたった。

（やっぱりこいつの本性は……淫乱だったんだ……）

フェラチオをしただけでここまで濡らすとは、もはや疑いようがないだろう。絶望感が指先に力をこめさせ、女の割れ目をしたたかにえぐっていく。びっしりと詰まった肉のひだが、粘っこく指先にからみついてくる。

「ああっ、いやっ……いやようっ……」

「なにがいやだっ！」

神倉は指を鉤《かぎ》状に折り曲げて、蜜壺をぐちょぐちょと掻きまぜた。

「あううう っ……」

「おまえ、本当はこんなふうにされるのが好きなんじゃないのか？　明るいリビングで乱暴にされるのが？」

右手で蜜壺を掻きまぜながら、左手で乳房を鷲づかみにする。柔らかに熟れた肉の隆起を揉みくちゃにしてやると、程なくして乳首が硬くなってきた。

「そーら、乳首がピンピンに尖ってきた。いやらしい女だな」

「くぅうっ……くぅうううううーっ！」

亮子はせつなげにうめきつつも、本気で抵抗してこない。半分は鬼の形相の夫に威圧されているからかもしれないが、残りの半分は感じているからだ。

その証拠に、いやいやをするように身をよじっていても、突きだしたヒップは引っこめない。むしろみずから突きだすようにして、指の埋まり具合を深めていく。最奥をしたたかに掻きまぜてやると、蜜壺がぎゅっと収縮して指を食い締めてくる。

「あぁあああっ……あぁううううっ……」

亮子の悲鳴がリビング中に響き渡る。神倉は裸身で立たせた妻の体を容赦なく責めたてた。指先で掻きまわすほどに、蜜壺からは発情のエキスがしとどにあふれ、フローリングの床にポタポタと落ちていく。

（なんて濡らしっぷりだ……）

結婚して七年、閨房以外の場所で愛撫を施したのも初めてなら、サディストのごとき残忍さでリードしたのも初めてだった。亮子は夫の突然の豹変に戸惑っているものの、ひどく感じている。その事実に、驚愕せずにはいられない。

明るいリビングで裸に剝かれ、性感帯をいじられることが新鮮な刺激になっているのだろうか。あるいはこの三十六歳の女体は、貞本との浮気によって別人のように淫らになってしまったというわけか。

（くそっ……）

神倉はいったん亮子から体を離すと、足首にからまっていたズボンとブリーフを抜き去り、ジャケットを脱いでネクタイをといた。

それ以上脱ぐこともどかしく、ワイシャツと靴下は残した格好で、再び亮子にむしゃぶりついていく。テーブルにすがりついてかろうじて立っている熟れた女体を後ろから抱きしめ、双乳にぎゅうっと指を食いこませる。

「あ、あなた……」

亮子が後ろに首をひねり、顔を向けてきた。細眉を八の字に垂らし、眼に涙をいっぱい溜めて見つめてくる。湯上がりで濡れたままの長い黒髪がざんばらに乱れて、ぞっとするほど妖艶だ。

「いったい、どうしたっていうの？　どうしてこんな乱暴にするの？」

紅唇をわななと震わせて、すがるように訴えてくる。

神倉は答えずに、豊満な双乳を揉みしだいた。熟れた乳肉の柔らかみが、たまらなかった。ふくらみはどこまでも柔らかいのに、その頂点にある乳首はコリコリに硬くなって、ひどく挑発的だ。薄っすらと汗をかいた素肌からは、誘うように甘やかなフェロモンが漂ってくる。

いい女だった。

こんなときなのに感嘆してしまう。

性格はいささか生意気だけれど、仕事が忙しくても肌の手入れは怠っていない。昔に比べればやや肉づきがよくなったとはいえ、スタイルは美しく保っていて、まさに女盛りで脂ののりきった完熟ボディである。

もう我慢できなかった。

神倉は立ちバックの体勢で亮子にヒップを突きださせ、その中心にイチモツをあてがった。ぬれぬれに濡れまみれた女の割れ目に、鋼鉄のように硬くみなぎった分身を埋めこんでいく。

「んんっ……くぅうううっーっ！」

結合の衝撃に、亮子は両膝をがくがくと震わせた。

「むうっ……」

神倉は深く唸った。

半年以上にもわたってセックスレスだったせいだろうか。何百回と味わった蜜壺のはずなのに、ひどく新鮮な感触がした。ねっとりとカリのくびれにからみついてくる肉ひだが、以前には感じたことのない生々しい刺激を運んでくる。

ボディ同様、性器も熟れたというわけか。

夫を裏切り、変態じみたハメ撮りセックスに淫したおかげで、肉ひだまでも完熟の味わいになったのか。

「はっ、はぁあああああーっ！」

ずんっ、と子宮を突きあげると、亮子は激しくのけぞり、喜悦に歪んだ甲高い悲鳴を、咆吼《ほうこう》のように口から放った。

（ちくしょうっ！　ちくしょうっ！）

立ちバックで妻をしたたかに突きあげながら、神倉は心のなかで号泣していた。

真っ赤に上気した顔は、痛切に歪みきっている。鏡を見ればきっと、いじめられっ子が泣きながらいじめっ子に反撃していくときのような、切羽《せっぱ》つまった表情と対面できるに違いない。

久しぶりにまぐわった亮子の女陰は、泣きたくなるほど心地よかった。

よく濡れているのに吸いついてきて、肉ひだの一枚一枚が生き物のように妖しくうごめく。ペニスを引き抜くとき、肉ひだが粘っこくカリ首にからみついてくる。

突きあげるたびにパンパンッ、パンパンッと高らかに鳴る尻の音さえ心地よく、手を伸ばして太腿や乳房を揉みしだけば、どこもかしこも蕩けるように柔らかい。

だが、この抱き心地のいい体は、浮気によって練りあげられ、熟成されたものなのだ。そうとしか思えなかった。かつての夫婦の営みでは、亮子は声さえろくに出さなかったのである。

それが、どうだ。突きあげるたびに獣じみた悲鳴を撒き散らし、リビングをラブホテルの個室のごとき淫らな空間に変えてしまっている。乱暴に迫られた経緯も忘れてしまったかのように、ひぃひぃと喉を絞ってよがり泣いている。

壊してやる！

壊れてしまえ！

鬼気迫る形相で猛り狂う男根を叩きつけるほどに、けれどもどこまでも柔らかい蜜壺は壊れるどころか感度をあげ、性器と性器がぴったりと密着していく。

「あああっ、いいっ！　あなた、すごいっ！　すごいわっ！」

嬌声の間にこぼれる言葉は発情の色に染め抜かれ、どこまでも男を挑発してきた。神倉は亮子の言葉を押し潰すように、ストロークのピッチをあげた。鋼鉄のように硬くなった男根で、奥の奥まで深々と貫いた。子宮に痛烈な連打を浴びせ、凶暴に張りだしたカリのくびれでぬめる肉ひだを掻き毟《むし》った。

「はぁおおおおっ……はぁおおおおおっ……」

「むううっ……むううっ……むうううっ……」

高らかに伸びるよがり声と荒ぶる鼻息をからめあわせながら、お互いに欲望の修羅と化していく。性器と性器をこすりあわせることだけに没頭する、獣の牡と牝となる。頭のなかを真っ白にして、ただ肉の快楽だけをむさぼり、マンションの隣室に淫らな声が届くことさえどうでもよくなっていく。

「も、もうダメッ！」

亮子が切羽つまった声をあげ、テーブルをガリガリと爪で引っ掻いた。

「もう我慢できないっ……イクッ……イッちゃうっ……はぁあああああーっ！」

神倉のほうも射精がしたくてしようがなかった。くびれた腰を両手でつかみ直し、フィニッシュの連打を開始した。

「どうだっ！　いいのかっ！　そんなにいいのかあっ！」

「ああっ、いいっ！　たまらないわ、あなたあああっ！」

ずちゅっ、ぐちゅっ、という肉ずれ音と、パンパンッ、パンパンッ、という打擲《ちょうちゃく》音、そしてお互いの口からもれる喜悦の悲鳴や荒ぶる吐息が渾然一体《こんぜんいったい》となって光を放ち、時空をワープするようにエクスタシーの階段を駆けあがっていく。

「おうおうっ……出るぞっ出るぞっ……おおおううっ！」

雄々しく叫んで灼熱のマグマを噴射すると、亮子の体がびくんっと跳ねあがった。

「はぁおおおーっ！　イクイクイクッ……イクウウウーッ！」

五体の肉という肉を痙攣させる女体を後ろからしっかりと抱きしめて、神倉は射精を続けた。自分でも驚くほどに長々と続いた。欲望のエキスを吐きだすたびに痺れるような快美感が体の芯を走り抜け、眼も眩むような甘美な愉悦が訪れた。

第五章　すれ違い

瞼を持ちあげると蛍光灯の灯りが眼に刺さった。

神倉はリビングの床に倒れていた。少し意識を失っていたらしい。

先ほどまで立ちバックでまぐわっていた妻の亮子も、隣で仰向けに倒れている。全裸だった。

三十六歳の熟れた乳房も、興奮に逆立ったままの恥毛も丸出しの状態で、ハアハアと息をはずませている。

神倉もワイシャツと靴下は着けているものの、男女の体液で濡れた下半身は剝きだしだった。亮子に顔を向けると、照れくさそうな笑みが返ってきた。

「……すごくよかった」

オルガスムスの余韻を嚙みしめるようにつぶやく。

「こんなによかったの、初めてかもしれない。でも、本当にどうしちゃったの？　今日のあなた、いつもと別人みたい。激しくされすぎて、どうにかなっちゃいそうだった」

神倉は答えずに立ちあがった。

全身が水を含んだズタ袋のように重い。

亮子と向きあうエネルギーを得るために、冷蔵庫から缶ビールを取りだしてソファに腰をおろした。プルトップを開けて飲んだ。冷えたビールが喉にしみた。

「……貞本よりよかったか？」

必死になって絞りだした声は、自分の声じゃないみたいだった。

「えっ……」

亮子の眼が泳ぐ。体を起こしてしなをつくり、不思議そうな眼つきで見つめてくる。

「なにそれ？　どういう意味」

「しらばっくれなくてもいいんだよ……」

神倉は溜め息まじりにつぶやいた。

浮気を追及しようとしているのだから、高圧的な態度で臨んだほうがいいのかもしれなかった。

しかし、射精を果たしたばかりなので気怠《けだる》くてしようがない。別人が憑依《ひょうい》したようなサディスティックなセックスをしたせいで、精も根も尽き果ててしまった。感情的な口論は苦手だから、かえってよかったが。

「さっき貞本に会ってきたよ。ビデオを借りた」

「ビデオ？」

「おまえとハメ撮りしてるビデオだよ……」

亮子の顔からみるみる血の気が引いていく。

「あいつから白状してきたわけじゃないぜ。俺が偶然、ふたりでラブホテルに入るところを見たんだ。歌舞伎町で」

ビールを飲んだ。いくら飲んでも喉の渇きが治まらない。

「続いてたんだな？　半年前の浮気、あれも貞本だろ？　おまえ、土下座までしてもう二度と浮気はしませんなんて謝っといて、あれからずっと貞本と続いてたんだな」

亮子が眼をそむける。色を失った唇が震えている。

「なんとか言えよ。それとも証拠のビデオを見るかい？　びっくりしたよ。俺とのセックスじゃろくに声も出さなかったのに、AV女優みたいに繋がったところをカメラに見せつけて、腰振って……」

それでも亮子がなにも言わなかったので、神倉はソファに置いてあった鞄のなかからDVDカメラを取りだした。ビデオを再生しようとすると、

「ま、待って……」

亮子はようやく重たい口を開いた。

「半年前のは……あれは、貞本さんじゃない」

「なに？　どういうことだ」

「だから別の男」

亮子は抜け殻のような表情で、視線を宙にさまよわせた。

「貞本さんとは、その男と別れてしばらくしてから……」

衝撃の告白に、神倉は持っていたＤＶＤカメラを落としそうになった。

「……別の男、だと？」

震える声を絞った。

「いったいどういうことだ？　ちゃんと説明してくれ」

「うん……」

亮子は深い溜め息をつき、床に落ちていたバスタオルを裸身に巻いた。

「ビデオまで見たんなら、もう隠してもしょうがないよね。わたしが浮気したのは、貞本さんで二人目」

「なんだって」

神倉はソファから身を乗りだした。男女の淫水で濡れた下半身を隠すことすら忘れて、呆然と亮子を見つめる。

「最初の男は道で声をかけてきた大学生……一年くらい前のことだけど……」

亮子はぼんやりと視線を泳がせたまま告白した。

「わたしそのころ、仕事がちょっと行きづまってて、気分がくさくさしてたのね。で、その男の子、顔は可愛い感じなのに、体はがっちり体育会系で……すごく熱心に口説《くど》いてくるから、押しの強さに負けて……遊んじゃったの」

「遊んじゃったって……」

神倉が呆れた顔すると、

「自分でも信じられなかった」

亮子は先まわりして答えた。

「路上でナンパしてくる男なんて、虫酸《むしず》が走るほど毛嫌いしてたのにね。でもそのときは、頭じゃなくて体が反応しちゃったっていうか……」

「要するに欲求不満が溜まってたってわけか？」

神倉は吐き捨てた。

「だったら俺に言えばよかったじゃないかよ。どうしてそんな大学生なんかに……」

「あなたの意見は正論よ」

亮子は泣き笑いのように顔を歪めた。

「間違ってるのはわたしだと思う。でも……でもね、その大学生とのセックスが、すごくよかったの。若い力でガンガンされて頭のなかが真っ白になって、自分が誰かも忘れちゃうくらい夢中になった……」

神倉は男のプライドが音をたてて崩れていくのを感じた。

若い男とセックスを比べられたことに、たとえようもない恥辱を覚え、顔の表面が火がついたように熱くなっていく。

「だけど、その子とは結局うまくいかなかった。たしかにセックスは最高なんだけど、会話の内容とかないし。何回か会っているうちに、お小遣いが欲しいなんて言われちゃって、すごく傷ついた……ちょうどそのころあなたに携帯を見られて浮気がバレちゃったから、いい潮時だと思って別れたの。あなたと約束したとおり」

神倉には言葉を返すことができなかった。奔放《ほんぽう》な妻に恐怖すら感じはじめていた。

「でもね……外の男と享楽《きょうらく》的にセックスを楽しむっていうのを知っちゃうと、体が黙ってないのよ。あなた知ってる？　女の性感って、三十代後半がピークなんだって。要するにいまがいちばんセックスが楽しめるときなわけ。そんなときに、このままでいいのかなあって思った。おかしいよね。それまでは、仕事も家庭も順調で、自分はけっこう幸せなほうだと思ってたのに、突然ものすごく不幸な人生を送っているような気になって……」

亮子はうつむいて自分の足指をいじった。

神倉は軽いショックを受けた。そのときまで、妻の足にピンク色のペディキュアが塗られていたことに気づいていなかったからだ。パートナーの髪型や服装の変化に気づかなくなったら夫婦の赤信号、などと週刊誌によく書かれているから、なんだか責められているような気分になった。

「貞本さんとそういうふうになったのは、偶然バーで顔を合わせて……」

亮子が告白を続ける。

「貞本さん、離婚して半年くらいだったのかなあ。淋しくてやりきれないって感じで、ちょっと荒れ気味にお酒を飲んでいたの。わたしもまだ、別れた大学生のこと引きずってるところで……」

「意気投合ってわけか？」

神倉はかろうじて声を出した。

「まあ、そうね。わたし、誰にも話してなかった大学生のことしゃべっちゃったし」

貞本は今夜、その話には触れなかった。自宅のリビングにいるのに、底なし沼にでも嵌《はま》ってしまった気分だった。

「貞本は……貞本は俺の親友だぞ」

「もちろん、わかってた」

亮子はうなずき、

「だから逆に、安心できるっていうのもあった。あなたには申し訳ないけど、身元がわかっていて年が近い相手がよかったの、そのときは」

「貞本は言ってたぞ。おまえと寝たのは単なる欲求不満の解消だって。おまえのほうもそのつもりだろうって。それ言われたとき、俺がどれだけ情けなかったか、おまえにわかるか？」

「……ごめんなさい」

亮子は顔を伏せ、

「でも、そうね。欲求不満の解消、性欲の捌《は》け口……間違いじゃない。貞本さん、ああ見えて性的な好奇心が強いから、いろいろなことしてくれたし……」

神倉は大きく息を吐きだした。

「欲求不満なら、どうして……どうして俺に言わない？」

こみあげてくる熱いものを必死でこらえる。

「そんなに俺とのセックスは不満だったのかよ？」

よせばいいのに訊ねてしまう。

「っていうか……」

亮子は大きく息を呑み、

「あなたとは、ほら、毎日顔を合わせるじゃない？　一緒にご飯食べたり、将来のこと話しあったり、時には親も含めて団欒《だんらん》したり……そういう人と、自由で刺激的なセックスなんて、できない……」

亮子の瞳が曇った。

「セックスしてるところビデオで撮りたいとか、セクシーな下着を着けたまま抱いてとか、大人のおもちゃ使ってみたいとか……あなたには言えなかった。もし呆《あき》れられたらと思うと……一緒に暮らしてる人と気まずくなったら嫌でしょう？」

「いや、だけど……」

神倉は反論しようとして、口籠《くちご》もった。

亮子の気持ちがよくわかったからである。

神倉にしても、夫婦の営みでは、とことんすけべな男にはなれなかった。馬鹿馬鹿しいことを承知のうえで、裸にエプロンを着けてくれとは頼めなかった。ベッドのなかにまで、男の沽券《こけん》や、夫としての矜持《きょうじ》を持ちこんでいたのかもしれない。

「そういうのも、一種の愛じゃない？」

亮子がつぶやく。

「わたし、浮気をしてはっきりわかったことがあるの。欲求不満は外の男で解消できても、一緒に暮らすのはあなたしかいないってこと。両親のこととか含めて考えてみても、添い遂げるのはあなたがいい……」

「勝手な話だ」

神倉は吐き捨てた。

だが亮子は怯《ひる》まずに続ける。

「勝手な話だし、ずるい話だと思う。だからあなたも浮気していい。愛人をつくっても風俗に行っても、文句は言わない」

「かわりに自分の浮気も公認しろってわけか？」

「そうよ」

亮子はうなずき、淫蕩《いんとう》に眼を輝かせた。

「そういう夫婦って、意外にいると思うけど」

「仕事とセックスは家庭に持ちこまないってやつか、馬鹿馬鹿しい」

「違う」

「なにが？」

「だって、たったいま証明されたじゃない。嫉妬のスパイスが夫婦生活も盛りあげるって。だからこれからは、あなたとも刺激的なセックスができそうな気がする」

亮子は神倉の顔をまっすぐに見つめたまま、自分の股間をまさぐった。先ほど神倉が放出したばかりの精液をねっちょりと指ですくいあげ、勝ち誇ったような笑みを浮かべた。

（いったいどうすりゃいいんだろうな……）

ひとりきりになったリビングで、神倉はウイスキーのオン・ザ・ロックを飲みはじめた。

亮子は言いたいことだけ言いおえると、「明日仕事が早いから」と早々に寝室に引きあげていった。普通の夫婦なら修羅場になってもおかしくない状況なのに、拍子抜けするほどさばけた女だ。

神倉のほうから離婚を切りだすはずがないと、足元を見られているのかもしれない。たしかに離婚は面倒だった。ひと昔前までのように出世に響くということはないかもしれないけれど、手続きやまわりへの説明など、考えただけで気が重くなる。

それに、一生独身でいるのは淋しすぎるから、離婚した途端、今度は新しい相手を探さなくてはならない。

まっさきに、由奈の顔が思い浮かんだ。

けれども、由奈は二十歳の女子大生。これから青春を謳歌《おうか》しようとしている若い彼女を家庭に閉じこめてしまうのは可哀相《かわいそう》だし、実際に生活をともにすれば、年の差が障害になるに決まっている。結婚相手としては、まったくリアリティを感じられない。

あるいは部下の高梁沙織はどうだろう？

二十八歳の結婚適齢期だし、同じ職場にいるのだから仕事への理解もある。とはいえ、彼女が体を許してくれたのは、たぶんなりゆきだ。神倉に男としての魅力を感じたわけではないだろう。

万一交際に応じてくれたとしても、デートやプレゼントや愛の言葉が必要な恋愛時代を経て、お互いの両親を紹介し、晴れて結婚という運びになる。結納《ゆいのう》や結婚式や披露宴やハネムーンや、うんざりするほどの段取りをこなし、ようやく一緒に暮らしはじめたら、今度は共同生活のルールを一から築いていかなければならない。

考えただけで、疲れてしまう。若いころならともかく、四十路になってそれをするのはひどく大変そうだ。

（要するに、俺ってものすごく面倒くさがりなんだな……）

その性格を、亮子は見透かしているのである。

七年間の結婚生活を経てきた妻とは、あうんの呼吸ができあがっていた。亮子は仕事を大切にしつつも、家事に手を抜くタイプではない。家のなかはいつも掃除が行き届き、テーブルに並ぶ料理はおいしく、栄養についてもよく考えられている。

しかし、だからといって、お互いに浮気を認めましょうというのは、でたらめな話だ。情熱を傾けられる仕事と平和な家庭があるにもかかわらず、外で刺激的なセックスがしたいと真顔で要求してくるなど、常軌《じょうき》を逸している。

（待てよ……）

神倉はハッとして考えをとめた。

ロックグラスにウイスキーを足し、嚙みしめるようにゆっくりと飲んだ。

亮子の要求が異様に感じられるのは、つまり彼女が女だからではないだろうか。家庭と愛人の両立など、男にとっては遥か昔からのテーマではないか。事実、神倉も由奈という存在があることで、以前よりずっと生活に張りが出た。

先ほどの、亮子との情交を思いだす。

抱き心地がよくなっていた。

かつては正常位しか許してくれず、閨房で声をあげることも拒んでいた妻が、煌々《こうこう》と蛍光灯の灯るリビングで獣のように燃え盛り、あられもなくゆき果てた。

つまり、浮気によって亮子はセックスに目覚めたのだ。目覚めた体を満たすために、外でも家でもセックスに溺れたいと考えているのだ。

ぞっとしてしまった。

女性の性欲が三十代後半にピークに達するという説は、神倉も週刊誌の記事で読んだことがあった。なんでも子供が産めなくなる直前だから、体がセックスを求めてしまうらしい。十代の男が風にあたっただけで勃起してしまうように、女にも性欲をもてあます期間があったとしても、それを責めることはできないだろう。

だが——。

頭では理解できるものの、発情に居直る女の存在はおぞましいばかりで、体の芯に悪寒《おかん》が走り抜けていく。

欲求不満はそれを自分で認めた時点で、人間の女ではなく、獣の牝と同等になってしまうのではないのだろうか。羞じらいを失った獣の牝になど、人間の男は——少なくとも神倉自身は、欲情を覚えられそうもなかった。

その駅で電車を降りるのは久しぶりな気がした。

会社と自宅の中間地点にあり、神倉が借りている安アパートがある駅だ。

部屋も由奈も、もうずいぶんと記憶の彼方にあった。

部屋に行くのは一週間ぶりで、由奈には三日前、バッグを渡すためにファストフード店で少しだけ顔を合わせているから、いささか大げさな感慨かもしれない。

だが、この一週間、いろいろなことがありすぎた。

妻の浮気場面に出くわし、その相手は学生時代からの親友だった。嫉妬と憤怒にかられて、半年ぶりに亮子を抱いた。いささか乱暴に、リビングでしたにもかかわらず、妻は以前とは別人のように貪欲に快楽を求め、獣のようによがり泣いた。

そのうえ、妻がラブホテルに入っていくのを見た直後、部下の高梁沙織とまで寝てしまったのだから、平凡なサラリーマンを自認する神倉にとっては、激動の一週間だったと言っていいだろう。

神倉の心はまだ、宙ぶらりんのまま揺れ動いていた。

浮気を公認しろと居直る亮子との離婚にも踏み切れず、かといって彼女の言い分をそのまま呑む気にもなれない。

しかしその一方で、二十歳の愛人とこっそり会おうとしている自分がいる。いっそ妻のように居直ってしまえればいいのかもしれないが、お互いに浮気を公認している夫婦というものが、どうにも釈然としない。

（要するに男の浮気はよくて、女の浮気はダメっていうのが俺の本音なわけだ。DINKSなんていっても、男は古いまんまなんだ……）

男女同権を頭では理解できても、なかなか行動で示すのは難しい。とくにセックスがからむと、なおさらだ。

「神倉さーんっ！」

後ろで声が聞こえ、振り返ると由奈が手を振っていた。

アパートにほど近い閑静《かんせい》な住宅街で、あたりに人影はない。

由奈は十メートルほど向こうから、コートの裾を跳ねあげて駆け寄ってきた。

「おいおい……」

白い息をはずませている由奈を見て、神倉はまぶしげに眼を細めた。

「そんなに必死に走ってこなくてもいいじゃないか」

「だってぇ……」

由奈はせつなげに眉根を寄せて見つめてくる。

「会えるの久しぶりだから、嬉しくて……」

息をはずませながら、コートの袖から出た両手を寒そうにこすりあわせる。

「どうしたんだ？　手が真っ赤だぞ。手袋持ってないのかい？」

神倉が心配そうにささやくと、

「持ってます……」

由奈ははにかんで白い歯を見せた。

「でも……こうやって、神倉さんから貰ったバッグを直接触ってたいから、最近はいつもしていません」

肩にかけたトートバッグのストラップを、愛おしげにぎゅっと握りしめる。

「……馬鹿だなあ」

苦笑しつつも、神倉の胸は熱くなった。

冷たく凍えた手を握ってやると、由奈はおずおずと身を寄せてきた。

その体からは、三十六歳の亮子にも二十八歳の沙織にもない、甘酸《あまず》っぱい処女の香りが漂ってきた。

安普請《やすぶしん》のアパートの部屋は、外と同じように冷えきっていた。

神倉は急いで石油ストーブに火をつけたが、部屋はすぐには暖まらない。神倉も由奈もコートを着けたまま、ストーブの前で身を寄せあった。

（こういうの、悪くないな……）

いつもは神倉が先にアパートにいて、アルバイトを終えた由奈が後からやってくるから、部屋はすでに暖まっている。寒いなかふたりで身を寄せあい、ストーブの炎に手をかざしたりすることなどないので、ちょっと新鮮な体験だった。

なんだかこの部屋がふたりの愛の巣で、一緒に住んでいるような甘い錯覚《さっかく》に浸ることができた。

由奈も同じようなことを考えているらしい。

凍えた両手をこすりあわせながら何度も神倉を横眼で見て、もじもじと身をよじらせている。本当に可愛い子だ。照れながら幸せを噛みしめているのが、黙っていても伝わってくる。

「なあ……」

神倉は石油ストーブに手をかざしながらつぶやいた。

「ひとつ質問していいかい？」

「はい」

由奈がうなずく。

「将来、由奈ちゃんも結婚するだろう?」

「えっ……」

由奈は眉をひそめ、あからさまに不機嫌な声を返してきた。

「そんなこと、いまは考えられません。いまのわたしは、神倉さんが……」

「いやいや、もしもの話さ。ちょっとね、女心ってやつを調査中なんだ。協力してくれよ」

由奈の反応を嬉しく思いつつも、神倉は冷静に諭《さと》した。

「……いいですけど」

由奈は憮然としたままうなずく。

「将来結婚して、ダンナさんと暮らしているとするだろ」

「……はい」

「新婚当初は、きっと毎晩のようにセックスする。でも二年経ち、三年経つうちに、回数はどんどん減っていく。どんな夫婦でもそうさ。ダンナさんが仕事に疲れてたりすると、由奈ちゃんが抱いてほしくても、ベッドに入ったら高鼾《たかいびき》なんてこともある。結婚五年、六年になると、月に一度もしなくなるかもしれない。いわゆるセックスレスってやつだな。そういう場合、きみならどうする?」

「どうするって言われても……」

由奈は困った顔で首をかしげた。

「浮気しちゃうか？」

「しません、そんなこと」

「でも、由奈ちゃんはセックスしたくてたまらないんだよ。こっそり、ひとりエッチしちゃうか？」

「もおっ！」

由奈は頬を膨らませ、どんと肩をぶつけてきた。

「変なこと言わないでください。しません、そんなこと」

「じゃあ、どうする？」

「どうもしません。我慢します。ダンナさんがその気になってくれるまで」

「そうか……」

予想どおりの答えだった。

いまどきの女の子にしては珍しくこの年まで処女を守っていた由奈は、元来、性欲が強いほうではないのかもしれない。だいたい、まだ本当のセックスは知らないのだから、セックスレスの苦悩など想像できるはずがない。

（そりゃあそうだよな……たぶん、亮子だって……）

現在三十六歳の妻にしても、清らかな処女のころは、由奈と同じように考えていたのではないだろうか。夫に不義を働いてまで満たさなければならない欲望など、想像もつかなかったのではないだろうか。

神倉もそうだった。女の欲望というものを、お互いに少し甘く見過ぎていた。

次第に部屋が暖まってきた。

そろそろコートを脱ごうかと思っていると、由奈がぽつりとつぶやいた。

「自慢話してもいいですか？」

「ああ、なんだい？」

由奈が自慢話とは珍しいこともあるものだ。

「わたし……この前、サークルの先輩に告白されちゃいました」

「えっ？」

神倉は首をひねり、

「由奈ちゃん、サークルなんて入ってたの？」

「はい。軽音楽系の。みんなでライブ観に行ったりするだけのユルいところですけど」

「でも、先輩って……由奈ちゃん女子大だったよね？　まさか女の……」

「違いますよう」

由奈は頬を膨らませ、

「ほかの大学と共同のサークルだから、ちゃんと男の先輩がいるんです」

「で……告白されたと」

「……はい」

由奈はうなずき、指先で畳をなぞりながら言葉を継いだ。

「稲垣《いながき》さんっていう人で、バンドでギターやってて、けっこうカッコいいからサークルのなかでいちばん人気の先輩なんです」

「ふうん、由奈ちゃんモテそうだもんねえ」

神倉が気のない返事をすると、由奈はあからさまに不機嫌になった。

「それだけですか？」

「なにが？」

「わたしが告白されたって聞いて、ちょっとは焼きもち焼いたりしてくれないんですか？」

「でも、断ったんだろ？」

　神倉は苦く笑い、

「断らなかったら、俺にそんな話するわけないもんな」

「……つまんないの」

　図星《ずぼし》だったらしく、由奈はいじけた顔で深い溜め息をついた。

（サークルの先輩か……）

　神倉は由奈のキャンパスライフを想像した。

　本当なら、そんなふうにひとつかふたつ年上の男と恋をして、お互い若いから傷つけあったりしながら大人になっていくのが、普通の女子大生の姿なのだろう。

　精力旺盛な大学生の男なら、可愛い由奈が処女だと知れば、喜んで最初の男になってくれるに違いない。由奈が痛がっても衝動のままに欲望を吐きだし、けれども由奈も女になったことにいちおう満足する。月並みだが、まっとうな青春だ。

「……あのう」

　由奈がじっとりと恨みがましい眼で見つめてきた。

「まだ由奈のヴァージンもらってくれる気になりませんか？」

「あ、いや……」

　神倉の顔はひきつった。

「由奈のヴァージンは、神倉さんのものですからね。いいえ。ヴァージンだけじゃなくて、由奈のこの体は全部、神倉さんのものですから」

「まいったな……」

神倉は苦笑したが、うまく笑えない。

「俺だって由奈ちゃんのヴァージンが欲しいんだよ。でも、ほら、女は最初ものすごく痛いっていうから、徐々に慣れていったほうが……」

「神倉さんって、本当にやさしいんですね」

由奈はいささか皮肉めいた口調で言い、深い溜め息をついた。いつもと同じ言い訳に、うんざりしているらしい。

（可哀相だけれど……）

由奈の処女を奪いたくないという神倉の思いは、強まっていくばかりだった。

最初は、由奈の人生に踏みこんでしまうことが怖かった。由奈は二十歳の女子大生で、普通以上に可愛らしい。普通以上にモテるだろう。四十歳の妻帯者より、初体験に相応《ふさわ》しい相手がいるはずだと思っていた。

そして、いまはそれに加えて、由奈が女の悦びを知ってしまうことが怖かった。セックスを知った女の、底なしの欲望が恐ろしかった。この初々しく可憐な由奈も、女の悦びを知れば、羞じらいを捨てた獣の牝になってしまうかもしれない。

（……そうだ）

先輩に告白された話を聞かされたせいかもしれない。神倉は少し、由奈に意地悪をしてやりたくなった。

「あのさあ……」

わざとらしく声音を変えてささやく。

「この前、バッグをプレゼントしたとき、お礼をしてくれるって言ってたよね？」

「えっ……あ、はい……」

バッグを渡したファストフード店で由奈は、「今度絶対埋めあわせします！」と選手宣誓するように声をあげたのだ。

「恩に着せるわけじゃないけど、してほしいことがあるんだ」

「また裸エプロンですか？」

「違うよ」

神倉は笑い、

「とにかくコートを脱ごう。暑くなってきた」

由奈の背中をさすった。石油ストーブの炎の前で話しているので、ふたりとも顔が赤くなってしまった。

由奈のコートと自分のコートを鴨居にかけた。

それから、由奈のセーターとミニスカートを脱がし、パンティストッキングをくるくると丸めて脚から抜いてやる。

由奈のパンティとブラジャーはベージュ色だった。生々しい色合いだが、相変わらず垢《あか》抜《ぬ》けないデザインである。

今度は大人っぽいランジェリーでもプレゼントしてやろうと思いつつ、神倉も服を脱いだ。お互い下着姿になると、冷たい素肌を重ねて抱きしめあった。

「してほしいことって……なんでしょうか？」

由奈が上目遣いで怖々と訊ねてくる。

「うん、たいしたことじゃないんだが……」

神倉は由奈の清潔な黒髪をやさしく撫でた。

「僕の顔にまたがってほしいんだよ」

「顔に？」

「そう。顔面騎乗位っていうんだけど、またがった状態でクンニさせてもらいたいんだ」

「……もおっ」

由奈は深い溜め息をついた。

「どうして神倉さんって、そんなに次から次に、エッチなこと思いつけるんですか？　わたし、びっくりしちゃいます」

怒ったように頬を膨らませつつも、拒むつもりはないようだった。それが神倉への好意の表われか、こっそり好奇心を疼《うず》かせているのかは、まだわからなかったが。

背中を向けた由奈が、ブラジャーのホックをはずす。

「こっちを向いて脱ぎなよ」

布団に寝そべった神倉が言うと、

「いやです」

由奈はきっぱりと言って、胸からはずしたブラジャーを畳んだセーターの間に隠した。

それから、くびれの浅い腰を振って、丸いヒップからパンティをおろしていく。

何度裸を見られても、由奈の羞じらい深さは変わらない。

両脚の間に、まだ白いフリル状の処女膜があるせいだろうか。パンティも畳んでセーターの間に隠すと、胸のふくらみを両手で隠して振り返った。

「……可愛いよ」

神倉はうっとりとつぶやいた。この胸のときめきは、いったいなんなのだろう。他の女とどんなに激しいセックスをしても、このときめきの前では色が褪《あ》せる。

欲情や慈愛や保護欲や、さまざまな感情が複雑に交錯し、最後にはただ愛おしいとしか言い様のない気持ちにさせられるのだ。結婚とか離婚とか、煩わしい現実的な問題が消えてしまい、本物の天使と向きあっているような気分である。

だが、その神聖な存在に、神倉はこれから途轍《とてつ》もなく破廉恥《はれんち》な行ないをさせようとしていた。

「こっちに来て」

神倉は布団の上で仰向けに横たわった。

「またげばいいんですね？」

由奈は恨みがましくつぶやくと、神倉に膝立ちで近づいてきた。裸身はどこまでも白いのに、可憐な顔が真っ赤に上気している。両手で胸のふくらみを隠しながら、片脚をもちあげて、神倉の顔をまたいでくる。

（おおうっ……）

神倉は息を呑んで眼を見開いた。

眼の前に咲き誇った由奈の花を凝視した。

いつ見ても清らかな花だった。アーモンドピンクの花びらは鮮明な色艶で、脚を開いているのに行儀よくぴったりと口を閉じている。そのまわりに生えた繊毛も、手入れを知らない自然な生え具合でひどくそそる。

「もっと脚を開くんだ」

神倉は由奈の太腿をM字に開き、相撲《すもう》の蹲踞《そんきょ》のような体勢にうながした。

「は、恥ずかしいです」

赤く染まった顔が羞恥に歪みきっていく。

「大丈夫だよ。そのまま腰を落としてきて」

「んんんっ……」

由奈は下肢を揺らめかせて、ためらいがちに腰を落としてきた。アーモンドピンクの花びらが、獣の牝の淫臭をほんのりと漂わせながら、神倉の顔に迫ってくる。

「ああんっ！」

女陰にぴったりと唇を押しつけると、由奈は白い喉を突きだして全身をぶるぶると震わせた。

（いい眺めだ……）

唇に由奈のいちばん柔らかい肉を感じながら、神倉は眼を見開いた。いつもとは違う、女のほうからクンニリングスを求めているような体勢が、たまらなくいやらしい。

だが、男にとってのいやらしさは、女にとっての恥ずかしさだ。

由奈は自分を抱きしめるように胸のふくらみを両手で隠し、きりきりと眼を細めて、神倉を見つめてくる。こんな恥ずかしい格好もうやめさせてください、という心の声が聞こえてきそうだ。

相撲の蹲踞のような格好が、恥ずかしいだけではない。いままで幾度となくオーラルセックスをしてきたとはいえ、みずから男の顔面に性器を押しつけているような状況に、戸《と》惑《まど》っているのである。

だが、クンニリングスが始まればどうだろう？

これ以上なく恥ずかしい格好で敏感な性感帯を舐めまわされてなお、初々しい処女の振る舞いを続けていられるのか。

あるいは獣の牝の本性を見せ、自分から腰を使いはじめるだろうか。この可愛い由奈の体のなかにも、男をたじろがせる欲望が眠っているのではないだろうか。

亮子と同じように……。

神倉はそれを確かめたくて、由奈に顔面騎乗クンニを求めたのである。

「ああっ……んんっ……」

神倉がアーモンドピンクの花びらを舐めしゃぶりだすと、由奈は背中を大きく反らせて天を仰いだ。石油ストーブの赤い炎に照らしだされた布団の上で、幼児体型の白い裸身をせつなげにくねらせた。

（ああっ、おいしい……なんておいしいんだ……）

神倉は舌先で左右の花びらをめくりあげ、薄桃色の粘膜を下から上に舐めあげた。

性器の摩擦を和らげるための粘液なのに、どうしてこれほど美味なのだろう。いままでも何度となく舐めてきたけれど、あらためて感激せずにはいられない。

ヨーグルトのように甘酸っぱくて、高級チーズのように芳《こう》ばしい味わい。それに、このぴちぴちした粘膜の舌ざわりはどうだ。二十歳という若さのせいか、あるいは処女膜を有しているせいかはわからないが、ただ舐めているだけで頭の芯が痺れてしまう。

「ううう……くぅうううーっ！」

女の割れ目をねちっこく舐めまわされた由奈は、身悶えてバランスを崩した。胸のふくらみを隠していられなくなり、のけぞりながら両手で神倉の太腿をつかんだ。

本当は、相撲の蹲踞のような格好も崩してしまいたいようだったけれど、神倉がそれを許さなかった。

両の太腿をしっかりと握りしめ、M字開脚の体勢を維持しながら、ねろり、ねろり、と舌を躍らせていく。

「どうだい？　気持ちいいだろう？」

濡れた唇でささやいた。

「自分で動いてもいいんだよ。気持ちがいいところがあたるように」

「い、いやです……そんなの……」

由奈は清潔な黒髪を振り乱して首を振った。

「ふふっ、遠慮するなよ」

「いやっ！　いやいやいやっ……あああんっ！」

薄桃色の粘膜を舌先でこちょこちょとくすぐってやると、由奈の言葉はあられもない悲鳴に呑みこまれた。

（いいぞ、由奈……それでいいんだ……）

自分から動いてごらんと言っておきながら、それを必死になって拒もうとする由奈の態度に、神倉は満足していた。

癒されたと言ってもいい。

どこまでも羞じらい深く、快楽はみずから得るものではなく与えられるものと思っている二十歳の女子大生の姿に、愛おしさを覚えずにはいられなかった。

（最後までそうやって羞じらっていたら、ご褒美になんだってプレゼントしてあげるからね。高級ランジェリーでも洋服でもアクセサリーでも……）

ぴちゃぴちゃと猫がミルクを舐めるような音をたてて、じっくりと舌を使った。薄桃色の粘膜を舐めまわし、まだ発展途上の小さな花びらを口に含んでしゃぶりたてた。

やがて、割れ目の上端に珊瑚《さんご》色のクリトリスが包皮からぴょっこりと顔をのぞかせると、舌を鋭く尖らせてねちねちと舐め転がした。

「ああんっ、いやあんっ……か、感じちゃいますっ……あああんんっ……」

由奈は可憐な声を振りまいて、胸元で小ぶりな双乳をはずませている。触れられてもいない淡いピンクの乳首が、いつの間にか尖っていた。腰を動かすことを拒んでも、性感の高まりが隠せない。感じてしまっていることがさらなる羞恥を呼び、由奈の心と体をぐらぐらと揺さぶっている。

（ああっ、可愛すぎるよ……たまらないよ……）

神倉は夢中になって舌を使った。

由奈へのクンニがこれほど興奮を誘うのは、由奈がどこまでも恥ずかしがるせいなのだ。恥ずかしがるから、もっと感じさせて、もっと恥ずかしがらせてやろうと躍起《やっき》になってしまうのだ。

ところが、そろそろシックスナインに移行し、勃起しきった分身にも由奈の甘い唾液を与えてやろうと思っていると、

「あ、あのうっ！」

由奈が唐突に声をあげた。声音が現実に戻り、悩ましく上気した顔に、切羽つまった焦《しょう》燥《そう》感が浮かんでいた。

「……ど、どうかした？」

神倉はＭ字に開かれた股間越しに、由奈の顔をうかがった。

「あ、あの、わたし……」

いまのいままで羞じらいながらも桃色吐息を振りまいていたくせに、由奈は泣きそうな顔で唇をわななかせた。

「わたし……そ、そのう……」

「なんだい？　はっきり言ってごらん」

「ト、トイレに……」

蚊《か》の鳴くような声で言う。

「ええっ？」

神倉が大きな声で問い返すと、由奈は怯えたように身をすくめた。

「ごめんなさいっ！　今日すごく寒かったから……先に行っておけばよかったです……失礼ですよね……こんなことしてる最中にトイレなんて……」

真っ赤な顔で、心底すまなさそうに言い募《つの》る。

「おしっこかい？」

由奈はこくりと顎を引いた。

（まいったな……）

神倉は内心、舌打ちした。このアパートは共同トイレなので、部屋で用を足すことができないのだ。廊下で他の住人とばったり顔を合わせるかもしれないので、部屋から出るためには、服を着け直さなければならない。

だいいち、せっかく盛りあがってきたところなのに、いったん中断したらムードが台無しになってしまう。

「面倒くさいな……」

神倉は由奈を見てつぶやいた。

「トイレなんか行かなくていいから、このましてごらんよ。俺が飲んであげるから」

「な、なにを言ってるんですかあっ！」

由奈は啞然としたように口を四角形にひろげた。

神倉は、自分でもなにを言っているのだろうと思った。つい口をついた冗談だった。行為の前にトイレに行っておかなかったことへの、遠まわしな嫌味でもあった。

しかし、由奈が驚いた顔があまりに可愛らしかったので、冗談や嫌味ですませることができなくなってしまった。

「僕は由奈ちゃんの出したものなら汚いなんて思わないから、遠慮はいらないよ」

「か、神倉さん、いつもそんなことしてるんですか？」

由奈は眉をひそめて、唇を震わせる。

「まさかっ！」

変態呼ばわりされた気がして、神倉は声を荒らげてしまった。

「由奈ちゃんのだから、飲んであげるって言ってるんだ……」

実際、いままで女のおしっこなんて飲んだことはないし、飲みたいと思ったこともない。だが、いま自分の顔をまたいでいる清らかなヴァージンのものなら、飲み干すことができそうな気がした。

そしてもうひとつ。とびきり恥ずかしがり屋の二十歳の処女は、男に見られて放尿する瞬間、どんな顔をするのだろうという興味もあった。むろん、身も世もなく羞じらうに決まっている。その姿を、ぜひともこの眼に焼きつけておきたい。

「ほら、早く出して」

「いやっ！　いやですっ！」

由奈はあわてて神倉の顔の上から逃げだそうとしたが、神倉が由奈の太腿を押さえたほうが先だった。

神倉はそのまま、由奈の女陰に唇を押しつけた。先ほどより大胆に花びらや粘膜を舐めまわし、興奮に尖りきったクリトリスを転がしてやる。

「ああっ、いやっ……いやいやいやああーっ！」

由奈の悲鳴がみるみる切羽つまっていく。ゆばりをこらえているだけではなく、喜悦の瞬間もそこまで迫っているらしい。

（よーし、このままイカせてやる……イッてしまえば由奈だって、おしっこが我慢できなくなるはずだ……）

ちゅばっ、ちゅばばっ、と卑猥な肉ずれ音をたてて、女のもっとも敏感な性感帯を吸いたてていく。

「ああっ、許してっ……許してください、神倉さんっ……」

由奈が可憐な顔をくしゃくしゃにして哀願してくる。だが、下半身はクンニリングスのると震えだす。

刺激を受けて、淫らがましくくねっている。アクメの前兆に、むっちりした太腿がぶるぶ

「ああっ、イッちゃうっ……イッちゃいますっ……はぁあああああーっ！」

由奈は喜悦に歪んだ悲鳴をあげると、びくんっ、びくんっ、と腰を跳ねさせた。そして次の瞬間、黄金色に輝く噴水が、シャーッと音をたてて割れ目の奥から噴きだした。

「う、うわっ！」

神倉はあわてて口を開き、襲いかかってきたゆばりを受けとめようとした。しかし、思った以上に勢いよく、量もあった。一度ごくりと喉を鳴らして嚥下《えんか》すると、その間に放たれたものが顔にかかった。

（しょ、処女の泉だ……）

すべてを飲み干すことはすぐに諦め、顔中にゆばりを浴びた。たしかにアンモニア臭がするのに、まったく汚いなどとは思わなかった。顔から跳ねて布団がびしょびしょに濡れていくことさえ、どうでもよかった。

「ああっ、いやあっ……もういやあああああっ……」

排泄《はいせつ》行為を見られる恥辱に悶え泣く由奈の姿は、この世のものとは思えないほどいやらしかった。神倉はゆばりに視界を遮られつつも必死になって眼を凝《こ》らし、泣きながら放尿

する由奈をむさぼり眺めた。その姿を見ながら黄金色のおしっこを浴びせかけられていることに、恍惚《こうこつ》とさえしてしまった。

「ひどいですっ……神倉さん、ひどいですぅっ……」

由奈がうずくまって泣いている。

「どうしておしっこなんて……それも顔になんて……もうやだっ！」

神倉はその様子を放心状態で眺めていた。

さきほどびしょ濡れになった布団をゴミ袋に詰め、窓を開けて部屋の空気を入れ替えた。大量のゆばりを浴びた顔を流しで洗い、タオルで拭いおえたところだった。

新品に近い寝具が台無しになってしまったけれど、かまいやしない。

神倉の脳裏には、由奈がゆばりを漏らす姿が生々しく焼きついていた。

放尿プレイや女子トイレの盗撮に執念を燃やす人間の気持ちが、少しだけわかった。女の放尿があれほど興奮を誘うものであるとは、夢にも思っていなかった。

（いや……）

興奮してしまったのは、相手が他ならぬ由奈だからであろう。可憐で清らかな二十歳の処女が、オルガスムスと排泄の解放感を同時に味わい、それを見られる恥辱に悶え泣いていたからこそ、変態的な放尿プレイにもかかわらず恍惚さえ覚えてしまったのだ。

「……そんなに泣くなよ」

神倉はうずくまっている由奈の背中に声をかけた。

「俺、こんなことをしたのは由奈ちゃんだけだ。汚いなんてこれっぽっちも思わなかった。本当だよ」

「ううう……」

由奈が嗚咽をもらしながら泣き顔を向けてくる。

「わたしもうお嫁に行けません。どうしてくれるんですか？」

「大げさだなあ……」

神倉は苦笑した。

「けっこう気持ちよさそうにしてたじゃないか」

「だからですっ！」

由奈は挑むように睨んできた。

「おしっこしながらイッちゃって、わたし、すごく気持ちよかったんです……ショックです……こんなふうにしたの、神倉さんですからね。わたし、一生離れませんよ」

「いいさ……」

神倉はまぶしげに眼を細めてつぶやいた。

「由奈が一生ヴァージンのままでいてくれるなら、お嫁さんにしてやってても」

思わず口をついた言葉だったが、言った途端、胸がすうっと軽くなった。

そうなのだ。由奈が永遠の処女でいてくれるなら、妻と離婚し、結婚したってかまわない。どれほどの面倒や困難を乗り越えても、自分の手許に置いておきたい。

だがもちろん、それはリアリティのない夢物語だろう。

「……嫌です、そんなの」

由奈がむくれた顔でつぶやく。

「一生ヴァージンなんて……そんなの我慢できません」

「そんなにセックスがしたいのかい？」

由奈がこくりと顎を引く。

「いいじゃないか、処女のままでも。気持ちいいんだから」

「わたしは好きな人とひとつになりたいんです」

視線と視線がぶつかって、火花が散った。

先に顔をそむけたのは、神倉のほうだった。

セックスを知れば欲望の虜《とりこ》になるだけだぞ、と胸底でそっとつぶやく。

由奈にだけは、発情した牝犬のようになってほしくなかった。淫らな欲望に取り憑かれ、夫に不義を働き、バレたら浮気を公認してほしいと居直れる女にだけは、絶対になってほしくない。

「ひとつになりたいねえ……」

独りごちるようにつぶやいた神倉の頭に、突然、悪魔的なアイデアが閃《ひらめ》いた。

飲尿などという変態じみた行ないに淫したせいで、思考回路がおかしくなってしまったのかもしれない。女の穴はひとつだけではない、処女膜を傷つけずとも女体と繋がる方法があるじゃないかと、もうひとりの自分が耳元でささやいたのだ。

「……なあ」

神倉は低く声を絞った。

「そんなに俺とひとつになりたいのか？」

由奈がうなずく。

「妻のいる、冴えない中年男のこの俺と……」

「神倉さんは冴えない中年男じゃありません」

由奈は小さな拳を握りしめ、可愛い眉を吊りあげて睨んでくる。穢れのない二十歳の裸身が石油ストーブの炎に照らされ、燃えるような色に染まっている。

「そりゃあ、年はずいぶん離れてますけど……わたしは……わたしは……」

「だったら……」

神倉も険しい表情で睨みかえした。

「四つん這いになれよ」

「四つん這い？」

「いいから」

語気を荒らげて命じると、由奈は神倉を見ながらおずおずと両手を畳についた。

「そうじゃない。お尻をこっちに向けるんだ。ひとつになりたいんだろう？」

「えっ……」

由奈は驚いて眼を丸くした。

「い、いいんですか……由奈を……由奈を女にしてくれるんですか？」

神倉がうなずくと、由奈は羞じらいつつも裸のヒップを向けてきた。むっちりした太腿が、ゆばりの残滓でわずかに濡れている。

「で、でも……あの……」

由奈が首をひねって、遠慮がちに顔を向けてきた。

「で、できれば……できれば普通に……抱いてほしい……です……」

神倉は答えず、突きだされた尻の桃割れに視線を這わせていく。アーモンドピンクの花びらを包むように生えた繊毛が、四つん這いで眺めるとひときわ獣じみて見えた。女陰の上に蟻《あり》の門渡《とわた》りの筋が浮かび、さらに上には上品の口をすぼめたセピア色のアナルがあった。

女の、もうひとつの穴だ。

（ずいぶん小さい……）

細い皺が繊細に渦を巻いたすぼまりは、排泄器官とは思えないような美しさだった。顔を近づけて匂いを嗅いだ。嫌な匂いはまったくしない。

「……い、いやっ！」

口づけをすると、由奈は四つん這いの背中をのけぞらせた。クンニリングスの最中に舌がかすってしまうことはあっても、ここまで大胆に唇を密着させたのは初めてだ。

「やめてくださいっ……変なところ舐めないでっ！」

由奈がおぞましげな顔で振り返る。

「ここでしょう」

神倉の言葉に、由奈の顔が凍りついた。

「俺にはどうしても由奈のヴァージンを奪えない。いまの由奈が好きなんだ。だから……

だからここで……」

「そ、そんな……」

　由奈の顔が泣き笑いのように歪んでいく。

「いったいなにを言い出すんですか……」

「ダメかい？」

　すがるように由奈を見た。

「アナルセックスなんて、けっこうやってるやつ、いるじゃないか」

　自分でも、鬼畜めいた思いつきだと思った。けれどもいったん芽生えてしまった欲望は刻一刻と肥大して、抜き差しならなくなっていく。禁断の排泄器官を使って由奈と繋がりたいという衝動が全身を満たし、体中の血がぐらぐらと沸騰している。

「ダ、ダメです」

　由奈は黒髪を振り乱して首を振った。

「いくら神倉さんのお願いでも、それは……それだけは……」

「由奈ちゃん、さっき言ってくれたじゃないか。この体は全部俺のものだって。だったら、してもいいだろう？」

　二十歳の女子大生の言葉尻をつかまえるなんて、なんと情けない四十男だろう。それでも、こみあげる欲望が恥も外聞も捨てさせる。

「ね、やさしくするから……痛くなったらすぐやめるから……」

いやらしいほど甘い声でささやき、舌を伸ばした。繊細な皺を伸ばすように、禁断のすぼまりをねちねちと舐めまわした。

「いやっ！　いやですっ！」

お尻を悪戯された猫のように、由奈は逃げまどう。

「待てよ……」

神倉は追いかけた。六畳ひと間の狭い部屋では、どんな俊敏《しゅんびん》な猫だって逃げきることなどできやしない。すぐにコーナーに追いつめた。

「聞いてくれ。俺は……俺は変態なんかじゃない。アナルセックスをするのは初めてだ。誰ともしたことがないことを、由奈ちゃんとしてみたいんだよ」

「でも……でもお……」

おぞましげに身震いしている由奈を、神倉は抱きしめた。黒髪をやさしく撫でてやり、気分が落ち着くのを待ってやる。

「な、頼むよ……俺だって由奈ちゃんとひとつになりたいんだ……体を重ねたいんだ……由奈ちゃんのなかでイキたいんだ……」

ささやくほどに、こわばっていた由奈の体から力が抜けていく。やがて、仕方なさげに顔をあげ、こくんと小さく顎を引いた。

「ありがとう……嬉しいよ……感激だよ、由奈ちゃん……」

自分でも恥ずかしくなるほど媚《こ》びた口調で言いながら、神倉は由奈を抱きしめた。黒髪に頬に唇に、熱いキスをした。

それからもう一度、四つん這いの体勢にうながしていく。

桃割れの間からのぞくセピア色のすぼまりに舌を這わせる。

「うっく……くぅううっ……」

ねちゃねちゃと執拗に舐めまわすと由奈は膝を立てていられなくなり、畳の上にうつぶせで倒れてしまった。

神倉は由奈の両脚を逆Vの字に開いた。左右の尻丘を両手でぐいぐいと割りひろげながら、舌先でアナルの皺を丁寧に伸ばしていく。

（やった……やったぞ……）

神倉の心は歓喜に満ちていた。

そんな趣味などなかったはずなのに、生まれて初めてするアナルセックスへの期待感が、全身の細胞を妖しくざわめかせる。

それに、神倉にしても、けっして由奈とひとつに繋がりたくなかったわけではない。二十歳の初々しい肢体をおのが男根で貫きたくてしようがなかったのだが、由奈に処女でいてもらいたいばかりに、泣く泣く欲望を抑えこんでいたのである。それが、処女膜を保ったまま繋がれる方法が見つかったのだから、有頂天になるなというほうが無理な話なのだ。

しかも、いま舌を這わせているのはただのアナルではない。穢れを知らない処女のアナルなのだ。

（よーし、だいぶほぐれてきた……）

じっくりと時間をかけて舐めまわしたすぼまりは、次第に舌を差しこめるほどに柔らかくゆるんできた。

「んんんっ！」

指を押し入れようとすると、由奈が鋭くうめいた。

「痛いかい？」

「だ、大丈夫です……」

ハアハアと肩で息をしながら答える。

「わ、わたしも……覚悟、決めましたから……」

「痛かったら痛いっていうんだよ。我慢したらダメだからね」

声をかけつつ、すぼまりに人差し指を埋めこんでいく。

指にもたっぷり唾液をつけたので、第一関節までは余裕で入った。

軽く折り曲げてマッサージを施しながら、第二関節まで埋めていく。

さすがにきつい。

「ぐぐっ……んんんっ……」

由奈のうめき声が、六畳ひと間に重く響いた。

（アナルばかりじゃ気持ちよくないのかな……）

神倉は右手の人差し指をすぼまりに埋めこんだまま、由奈の体を横向きにした。片脚を折り曲げて持ちあげ、横向きのまま股間を開かせた。これなら、アナルマッサージを施すと同時に、クンニリングスを行なうことができる。

「んんんっ……あああーっ！」

舌を伸ばして女の割れ目を舐めあげると、予想どおり由奈の声音が変わった。

神倉は熱っぽく舌を躍らせ、ぴちぴちした薄桃色の粘膜を刺激した。

すぐに、新鮮な花蜜がしとどにあふれてきた。

アナルのほうに流れこみ、指のすべりがよくなっていく。

さらに、ヴァギナに与えられる快感によってアナルの苦悶がまぎれるらしく、由奈は身をくねらせてあえぎだした。

期待以上の相乗効果だ。

「大丈夫か？　痛くないか？」

花蜜に濡れた唇でささやきながら、アナル拡張のマッサージをじっくりと施した。やがて第二関節まで埋まった指を、かなり自由に動かせるまでになっていった。

神倉はいったん由奈から体を離し、台所からオリーブオイルの瓶を取ってきた。

いよいよ結合の時を迎えたのだ。

とはいえ、充分にアナルマッサージを施したつもりでも、やはり指と男根では太さがまるで違う。唾液や愛液のぬめりだけでは不安が残り、オリーブオイルを使うことにしたのである。口に入れるものなので、毒になることもあるまい。

「こっちに来て……」

三十分以上も指でアナルを責められていた由奈は、すでに息も絶えだえだった。それでも神倉に命じられるまま、布団の上で四つん這いになる。敷き布団は先ほどダメにしてしまったので、掛け布団のほうだ。

「少し冷たいぞ……」

神倉は突きだされた尻の桃割れに向けて、オリーブオイルを垂らした。獣じみた女の発情臭と、エキストラ・ヴァージン・オリーブオイルの青々しい香りが混じりあい、得《え》も言われぬ匂いがたちこめてくる。

「ひっ……くすぐったい……」

由奈が尻を振り、オイルが盛大に布団にこぼれた。これで掛け布団も台無しだが、諦めるしかないだろう。

（いい眺めだ……）

もぎたての果実のようなヒップを、うっとりと見つめた。これからこの尻と、しかも禁断の排泄器官を使って繋がれるのだと思うと、背中にぞくぞくと歓喜の戦慄が這いあがっていく。

神倉は自身のペニスにもたっぷりオイルを垂らして、由奈の尻に近づけた。女陰よりやや上にあるセピア色のすぼまりに、亀頭を密着させた。

「ううう……」

アナルに刺激を感じた由奈が、首をひねって振り返る。

複雑な表情をしていた。

ようやくひとつになれるという期待もあるかもしれない。しかしそれ以上に、アナルセックスに対する不安や恐怖が、ありありと浮かんでいる。

（二十歳のヴァージンとアナルセックスか……）

神倉は大きく息を呑んだ。

考えるまでもなく、これは途方もない僥倖《ぎょうこう》に違いない。

由奈のように可愛い二十歳に慕われ、処女のまま裏門を犯すことを許される男が、この世にいったい何人いるだろう。

いや、他人のことなど知ったことではなかった。いま眼の前で四つん這いになり、処女のまま禁断の器官を明け渡してくれようとしている女に、神倉は狂おしいほどの興奮を覚えていた。

「い、いくぞ……」

低くつぶやき、ぐっと腰を前に送りだす。

「ひっ、ひぃぎいいいーっ！」

すぼまりを亀頭で突きあげると、由奈は断末魔の悲鳴をあげた。

（な、なんだこれは……）

神倉ももう少しで声をあげそうだった。

あまりにきつすぎる。

ペニスは鋼鉄のように硬く勃起しているのに、やすやすとはじきかえされてしまう。

「むうう……」

神倉は顔を真っ赤にして、腰を振りたてた。

それでも入らない。

気ばかりが焦って突きあげても、二度、三度、とはじきかえされる。

（く、くそっ、なんてかたさだ……）

オリーブオイルでぬるぬるになった男根を握りしめ、ねじりこむようにしてすぼまりを穿《うが》っていく。

ようやくのことで、亀頭の先っぽだけ埋めこむことに成功した。

「ひっ、しぎっ……ぐぅううーっ！」

由奈の絶叫が部屋に響く。

「も、もう少しだっ！」

神倉は火を噴くように叫ぶと、可憐なすぼまりをむりむりと押しひろげて奥に進んだ。

入り口は驚くほどきつかったけれど、亀頭さえ埋めこんでしまえばあとは比較的楽に挿入していくことができた。

「ぐぐっ……ぐぐぐっ……」

根元まで入れると、由奈は地を這うような声をもらした。四つん這いの全身をわなわなと震わせ、ミルク色の素肌をみるみる紅潮させていく。

「い、痛いか？」

神倉が息を荒らげながら訊ねると、

「うっ、うっく……」

由奈は吐息を跳ねあげながら必死になって首をひねり、涙で潤みきった眼を細めて神倉を見つめてきた。

「う、嬉しいっ……ようやくなれた……神倉さんとひとつになれた……あああっ……」

声音は嗚咽まじりだったけれど、たしかに歓喜しているようだ。

「むううっ……」

アナルのきつい締めつけに、神倉は首に筋を浮かべて唸った。

奥はぽっかりとした空洞になっていたが、入り口が狭すぎて動けない。

乱暴に動いてアナルを傷つけてしまったりしたら、取り返しがつかないことになってしまう。

「む、むううっ……」

オイルをすべらせてなんとか動いた。

恐るおそる、抜いて入れる。

ヴァギナで行なう抽送に比べれば出し入れの幅は狭く、動きが極端なスローモーションになってしまう。

それでも、常軌を逸した入り口の締めつけが、息苦しいほどの快感を運んでくる。

禁断の器官を犯している意識が異様な興奮に駆りたて、ペニスの芯を痺れさせる。

「うっくっ……くぅううううっ……」

由奈がうめく。気持ちは歓喜していても、苦しくてしかたがないのだろう。四つん這いの背中は生々しいピンク色に染まりきり、細かい汗の粒がびっしりと噴きだしていた。それでも健気《けなげ》に尻を突きだし、結合の実感を嚙みしめている。

（こ、これが……これが、処女のアナル……）

神倉は息を呑んで、結合部を凝視した。

由奈の可愛いすぼまりが無惨にひろがり、勃起しきったおのが男根が出入りする様を、眼を血走らせてむさぼり眺めた。

全身の血がぐらぐらと沸騰していくようだった。

動きはどこまでもスローなのに、怖いくらいに息があがってくる。

アナルセックスの愉悦は、切迫感と裏腹だった。

初めての刺激なので、みずからの欲情をコントロールすることもできない。

ただ、圧倒的な興奮の波に、呑みこまれてしまう。

溺れないように必死でもがいて、向こう岸を目指す。

すぼっ、ずぼっ、とすぼまりを穿つ。

ペニスの根元に感じる締めつけが全身に襲いかかってきて、それほど激しく動いていないのに、みるみる射精欲が迫ってくる。

「おおおっ、出すよっ……由奈ちゃんのなかに、出すよっ……」

やがて、穢れを知らない処女の直腸に煮えたぎる男の精をしぶかせるまで、神倉は息苦しいほどの快感に満ちた桃源郷《とうげんきょう》をさまよっていた。

第六章　ぬくもり

スパーンッ！　とヒップを平手で叩く打擲《ちょうちゃく》音が鳴り、

「あぁあああぁーっ！」

喜悦に歪んだ亮子の声がそれに続く。

「この格好が好きなんだろう？　おまえはあっ！」

神倉は四つん這いの妻を後ろから貫き、猛りたつ男根を抜き差ししている。

「牝犬みたいなこの格好があっ！」

真っ赤に上気した鬼の形相で、スパーンッ！　スパーンッ！　と左右の尻丘にさらなる平手を打ちおろしていく。

「あぁあああぁっ……いいっ！　熱いわ、あなたっ！　あそこが熱いっ……」

豊満なヒップの中心で肉茎を咥えこんだ亮子は、尻丘を叩かれるたびに淫らがましく身をよじり、蜜壺をぎゅうっと収縮させる。きつく締まった女の割れ目にしたたかな男根の連打を浴びて、肉の悦びに溺れていく。

（まったく、いやらしい女だ……）

神倉は腰を使って濡れた蜜壺を穿ちながら、胸底でつぶやいた。

ふたりが盛っているのは、閨房のベッドの上。ほんの少し前まで就寝するためだけに使われていたスペースなのに、最近は毎晩のように獣じみた女の悲鳴がとどろき、むっと湿った男女の淫臭が消えてなくなることがない。

夫が四十歳、妻が三十六歳、結婚七年目を迎えた夫婦としては、いささか度の過ぎた燃え盛り方だ。

「そーら、どんどん締まってきた……」

ぎゅうぎゅうとペニスを食い締めてくる蜜壺の威力に痺れながら、神倉は大きく腰を振りたてた。ずちゅっ、ぐちゅっ、というあられもない肉ずれ音が鳴り、はじけた花蜜が神倉の陰毛までぐっしょりに濡らしていく。

「はぁああぁっ……ひ、響くっ！　奥まで響くうううーっ！」

「そんなにいいのか？　牝犬みたいに犯されながら、尻を叩かれるのがっ！」

パンパンッ、パンパンッ、と腰を打ちつけては、スパーンッ！　スパーンッ！　と尻丘を打ちのめす。

「ああっ、いいのうっ！　たまらないのうっ！」

普段の取り澄ました亮子からは考えられないような媚《こ》びた声を出し、突きだしたヒップを左右に振る。尻の双丘はすでに手のひらの跡が赤々とついて腫《は》れあがっているのに、もっとぶってと挑発してくる。

泣きを入れるまで叩きつづけてやりたかった。

許してくださいい、あなたとのセックスがいちばんですと詫びるまで、翻弄《ほんろう》してやりたかった。

しかし、今夜もいつものように、神倉のほうが先に限界に達してしまう。

「むうっ、そろそろだっ……」

神倉は上ずった声をあげ、スパンキングしていた両手で亮子の腰をつかんだ。

ヒップは豊満なのに、亮子の腰はくっきりとくびれている。二十歳の由奈にはない、大人の女の体つきをしている。

「だ、出すぞっ……そろそろ出すぞっ……」

脂《あぶら》ののりきった豊満な女体を揺さぶりたて、フィニッシュの連打を打ちこむ。こりこりした子宮を突きあげるようにして、硬く勃起したペニスを抜き差しする。

「ああっ、きてるっ！　か、硬いのが奥までえええっ……」

「出すぞっ、出すぞっ……おおおうっ！」

野太い声とともに、ペニスをどくんっと跳ねさせる。からみついてくる女肉の坩堝《るつぼ》に、灼熱の精を噴射する。

「ああっ、イクッ！　わたしもイクウウウーッ！」

亮子はちぎれんばかりに首を振り、長い黒髪を振り乱してゆき果てた。五体の肉という肉を淫らがましく躍らせて、恍惚の階段を駆けあがっていく。

「おおおっ、出るっ……まだ出るっ……」

神倉はこみあげる快美感に身をよじりながら、しつこく腰を動かした。絶頂に達してぶるぶる震えている女体のなかに、長々と男の精を漏らしつづけた。

「……ふうっ」

最後の一滴を漏らしおえると、亮子と重なってベッドに崩れ落ちた。

結合をとき、仰向けに横たわった。

会心の射精だった。

身も心もすっからかんで、呼吸を整えること以外なにも考えられない。

だが、余韻が去っていくに従って、暗くささくれだった気分が頭をもたげてきた。

このところ毎晩のように亮子の体を求めているのは、どうしてだろう？

嫉妬という言葉だけでは、どうにも説明がつかない。

亮子の体が貞本に抱かれた体であり、今日だって抱かれてきたのかもしれないと思うと、頭や心ではなく、全身の細胞が欲情し、押し倒さずにはいられないのだ。

「……すごくよかった」

亮子は満足そうにつぶやく。

「わたしいま、イキながら何回か意識が飛んじゃった。こんなこと、初めてよ」

眼をとろんとさせて、身を寄せてくる。

汗ばんだ肌がぬるりとすべり、くっつかないでくれと押し返したかったが、射精を終えたばかりの体は重く、口を開くのも面倒くさい。

それに、いまのセックスがすごくよかったのは、神倉も同じだった。このところ、抱くたびによくなっていく気さえする。

まったく不思議なものだ。

妻に対する愛情を少しも疑わず、生涯の伴侶は彼女しかいないと思っていたときよりも、遥かに痛烈な快感を得ている。

愛情ではなく、殺意にも似た激しい衝動をぶつけるように女体を貫くほうが、ずっと燃えるのはなぜだろう？

浮気に居直り、欲求不満を隠しもしない妻を軽蔑し、おぞましさすら感じているのに、どうして欲情してしまうのだろう？　複雑な胸中が、閨房での振る舞いをサディスティックにさせ、抱き方をどこまでも猛々《たけだけ》しくさせた。

けれども悔しいことに、亮子は神倉が猛れば猛けるほど歓喜を示した。浮気の罰として与えたはずの尻へのスパンキングさえ、すぐに快楽の道具としてしまい、貪欲に愉悦をむさぼっている。

「わたしね……」

亮子がささやく。

「最近、貞本さんとは会ってないのよ。あなたが満足させてくれるから」

「……そうか」

神倉にとって、ある意味望んでいる状況には違いなかった。間男から、下半身の力で妻を奪回したのだ。男として勝利したのだ。しかし、素直には喜べない。それに続く妻の言葉を、予感していたからかもしれない。

「でもね、あなたがこんなふうに毎晩求めてくるのって、貞本さんの存在があるからでしょ？　だからやっぱり浮気を公認したほうが、夫婦生活にも刺激があっていいと思うのよ……」

神倉は眼をつぶり、深い溜め息をもらした。

そして、自宅とは別に借りている六畳ひと間の安アパートでは、由奈との変態じみたプレイが続いている。

「どうだ？　気持ちいいか」

神倉は荒ぶる息を吐きだした。

真新しいダブルサイズの布団の上で、清らかな裸身が四つん這いになっている。

そのアナルに男根を突きたてる行為に、神倉は全身で欲情していた。

アナルの締めつけはヴァギナとは比べものにならないくらいきつく、わずかに抜き差しするだけで、息苦しいほどの快美感が襲いかかってくる。

「最初のころよりも、だいぶすべりがよくなってきたぞ」

「うぐっ……うぐうううっ！」

苦しげなうめき声をもらしつつも、由奈もただ苦しがっているだけではない。

すでに十回以上ペニスを迎え入れたアナルは、ずいぶんとこなれてきていた。

さらに、もうひとつ、最初の結合と変わったことがある。

神倉は男根でアナルを貫きながら、女の割れ目をいじっていた。アナルセックスではそれほど激しく動けないので、愛撫を送りこむ余裕は充分にあった。

（クリがこんなに尖ってるじゃないか、感じてるんだ……）

肉芽がツンと突起しているだけでなく、処女膜の奥から発情のエキスをしとどに漏らし、狭い室内に獣じみた牝の匂いを充満させている。

「ああっ、由奈っ……いいよっ……たまらないよっ……」

神倉は陶然とささやきながら、ゆるゆると腰を前後に送った。

アナルの奥はぽっかりした空洞になっていて、前の穴のように肉ひだがペニスを包みこんでくることはない。けれども竿の根元をぎゅうぎゅうと締めあげてくる感覚と、タブーを破って排泄器官を犯している意識が、ノーマルな性交ではけっして味わうことのできない、異様な興奮に駆《か》りたててくる。

「く、苦しいっ……苦しいです……」

由奈がうめき、シーツを握りしめる。四つん這いの背中に、細かい汗の粒がびっしりと浮かんでいる。

「嘘つけ。クリトリスはツンツンだし、股ぐらはぐしょぐしょじゃないか」

神倉が偽悪的にささやくと、

「ぐっ……ぐっ……はぁああああああああーっ！」

由奈が不意に、甲高い悲鳴を放った。アナルで繋がっているときはいつも、うなるような低い声しか出さないのに、その悲鳴はまるで、歓喜に彩《いろど》られているようだった。

「き、気持ちいいんだろう？」

神倉はペニスに訪れた刺激に身をよじった。

アナルがひくひくと収縮し、ひときわ強く締めつけてきたのだ。

どうやらその収縮は、クリトリスへの刺激と連動しているようだった。

試しに肉芽を指でつまみ、キューッと押し潰してやると、

「はっ、はぁああああああーっ！」

由奈はもう一度甲高い悲鳴を放った。

「気持ちいいんだろ、由奈？　素直になれよ」

「いやいやいやっ……おかしくなるっ……おかしくなっちゃいますうっ……」

ぶるぶると震えだしたのは、恍惚が迫っているせいに違いない。

「いいぞ、おかしくなっても」

神倉は四つん這いの女体を、後ろから覆い被さるようにして抱きしめた。

「イキそうなんだろ？　お尻でイッちゃいそうなんだろ？」

肉芽をねちっこくいじりながら、アナルに律動を送りこんだ。

「くっ、くぅううう－っ！」

由奈はなにかから逃れるように、握りしめたシーツをくしゃくしゃにした。しかし、悠然と送りこまれるアナルへの律動と、ねちっ、ねちっ、とクリトリスを転がされるリズムから逃れることなどできやしない。

「ああっ、いやっ……助けてえええぇっ……はぁああああぁ－っ！」

びっしりと汗の粒を浮かべた背中を反り返し、次の瞬間、はじけるような喜悦の悲鳴を部屋中にとどろかせた。

「ああっ、イクッ！　イッちゃうっ！　お尻でイッちゃいますううう－っ！」

狂おしく身悶えてアクメに達した由奈の姿に、神倉も射精をこらえきれなくなった。

「むうっ！」

深く唸り、沸騰する欲望のエキスをアナルの奥でしぶかせた。どこまでもきつい締めつけを味わいながら、歓喜に全身をぶるぶると震わせた。

（まさか、こんなに早くお尻でイケるようになるとはな……）

結合をといた神倉は、胸底で満足げにつぶやいた。

「ううっ……うううっ……」

由奈の抱えている枕は、手のひら一杯分もあるのではないかというほどの唾液でぐっしょり濡れていた。それほどよかったのかと思うと、射精後の気怠い虚脱感に支配されながらも、頬が自然とゆるんでしまう。

だが由奈の抱えている枕に、今度は涙の粒が落ちた。

「わたし……わたし、本当にもういやですっ！」

うつぶせになった裸身を震わせて、由奈はむせび泣いた。

「お尻に入れられてイッちゃうなんて……わたし、こわい……このままだと、ものすごい変態になっちゃうかもしれない」

「そんなことないだろ」

神倉は生返事をして布団に寝転び、眼をつぶった。

このやりとりには、もう慣れていた。うんざりしていると言ってもいい。由奈はオーラルセックスやアナルセックスで感じてしまえばしまうほど、事後に取り乱す。

「神倉さんはいいんですか？　由奈が変態になっちゃってもいいんですか？」

「大丈夫だろ」

「大丈夫じゃないです。このままだと、わたし本当に……ねえ、お願いです。お願いだから、由奈のヴァージンもらってください。普通に愛してください」

その台詞も、耳にタコができるくらい聞かされたものだ。

「いや、だからね……」

神倉は由奈を抱き寄せ、乱れた黒髪を直した。

「俺が好きなのは処女の由奈なんだ、わかってくれよ」

「わかってほしいのは、わたしのほうですっ！」

由奈は神倉の腕を振りほどき、大粒の涙をぼろぼろとこぼしながら睨んできた。

「こんなに一生懸命お願いしてるのに、いつもそうやって誤魔化《ごまか》して……ヴァージンをもらってくれないなら、わたしもう神倉さんとは会いません」

「落ち着けよ、もう……」

神倉は苦笑しようとしたが、うまく笑えなかった。

由奈の表情が、いつにも増して切迫していたからだ。

アナルセックスでイッてしまったことが、よほどショックだったらしい。

だが、それを受けとめ、やさしく包みこんでやるには、神倉は疲れすぎていた。

たったいま由奈のアナルに精を放ったことだけが、原因ではない。

最近はずっと、このアパートで由奈を抱き、家に帰れば妻を抱いている。若いころでさえ、こんなふうに取り憑かれたようにセックスに励んだことはなかった。今日はどちらかを休みにしようと思っても、顔を合わせれば求めてしまう。

理性では制御できない渇きが、体力の限界を超えた衝動となり、清らかな二十歳の体にむしゃぶりつかせ、不貞に居直る妻をひいひいとよがり泣かせてやりたくなるのだ。

「ねえっ！　どうなんですか、神倉さんっ！」

涙眼の由奈が、肩を揺すってくる。

「わたしと会えなくなってもいいんですか？　神倉さんにとってわたしって、そんな存在だったんですか？」

そんなにキャンキャン吠えないでくれ、と神倉は胸底でつぶやいた。由奈に対して、初めて鬱陶しさを感じてしまった。

一緒にいるだけで気持ちが安らぐ、天使のような二十歳のはずだった。

それがいまは、剝きだしの欲望を刃《やいば》のように突きつけてきている。

せつなげに眉根を寄せ、可憐な顔をくしゃくしゃにして、けれども彼女の求めているものは、さらなる快感だった。処女膜を捨てて、底なし沼のように深い女の愉悦を、どこまでもむさぼりたいと言っているのだ。

「抱いてくれなきゃもう会わない、か……」

神倉はぼんやりとつぶやき、挑むように頬を膨らませている由奈を見た。

「わたし、本気ですから……」

裸のままの体を起こし、畳の上に正座する。

「今日という今日は、本気で言ってますから……」

「……ふうっ」

神倉は深い溜め息をついた。

なんだか、もうなにもかも面倒くさくなってきてしまった。少し休んだほうがいいかもしれない。由奈と会うことも、亮子を抱くこともいったんやめにして、これから先どうするべきか、ひとりで静かに考えてみようか。

「ねえ、神倉さん……」

由奈が口をへの字に曲げて見つめてくる。

「稲垣さんって人の話、覚えてます？」

「……サークルの先輩だろ？　告白された」

「そうです。わたし、好きな人がいるってけっこう冷たく断ったんですけど、そのあともずっとやさしくて……わたしの好きな曲をバンドでやってくれたりして……もし好きな人とうまくいかなくなったら、付き合ってくれって言われてて……補欠のいちばんにしてくれ、なんて……」

　由奈は大きく息を呑み、

「わたしは神倉さんが好きですけど……なんだかもう、限界です……」

「俺はね……」

　神倉は体を起こして由奈を見つめた。

「何度も言うけど、処女の由奈ちゃんが好きなんだ。逆に言えば、処女じゃなくなった由奈とは付き合いたくない……そんなに言うなら、もう別れようか？」

　由奈の瞳に動揺が走った。

　それでも神倉は、さらに続けた。ささくれだった気分が、舌鋒《ぜっぽう》を鋭くさせる。

「俺としては精いっぱい誠意を尽くして、ヴァージンを守ってやってるのに……そこまで言うなら好きなほうを選べばいい。別れるか、このままの関係を続けるか」

　由奈はいまにも泣きだしそうな顔でうつむき、唇を嚙みしめた。正座した太腿の上で小さな拳を握りしめ、裸の肩を震わせた。

　可愛かった。

　由奈と知りあうまで、若い女にとりたてて興味があったわけではないけれど、まだあどけなさが残る顔も、清潔なセミロングの黒髪も、ミルク色に張りつめた肌も、すべてがたまらなく可愛らしい。初々《ういうい》しさが、まぶしい。

由奈はいま、少女でもなく、大人でもない、奇跡の時間を生きているのだ。そして処女を失うということは、その奇跡の時間に終止符を打つことに他ならない。

神倉には、みずからその決断を下すことなどできなかった。

処女を失い、セックスを愉しめるようになれば、この可愛い由奈もやがて、深い欲望をもった女という生き物になるのである。

「あのう……」

由奈が上目遣いにうかがってきた。

「ヴァージンをもらってくれること自体は、いやじゃないんですか？」

「いやじゃないよ。でも、そうじゃなくて……」

「だったらっ！」

由奈が遮《さえぎ》って言った。

「だったら、最後に一度だけ、普通に抱いてください……それで終わりでいいです。処女じゃなくなった由奈は好きじゃないなら、会ってくれなくなっても仕方ないです……」

声が涙に潤んでいく。

「わたし……わたしはどうしても、神倉さんに女にしてもらいたいから……お口とかお尻とかじゃなくて……ちゃんと……一度でいいからちゃんと、神倉さんと愛しあってみたいから……」

嗚咽をこらえきれなくなり、「ひっ、ひっ」と喉を鳴らして泣きじゃくった。

（まいったな……）

神倉の眼頭も熱くなった。自分が途轍もなくひどい男であることを思い知らされ、自己嫌悪でやりきれなくなる。

セックスを知りたいのが女のエゴなら、いつまでも処女でいてほしいのは男のエゴだ。由奈は男のエゴをとことん受けいれてくれた。オーラルセックスどころか、処女の身空でアナルセックスまで許してくれた。

このまま別れてしまえば、由奈はいったいどうなるだろう？

好きだと言われながら結局抱かれなかった屈辱だけを胸に、神倉の元から去っていくことになる。顔面シャワーだの飲尿だのアナルセックスだの、変態じみたプレイだけを強要されたトラウマを、一生胸に抱えていくことになる。

いや。

そんな考えは綺麗事だ。

由奈はいま、本気で処女を捨てたがっている。神倉が手綱を離せば、稲垣とかいうサークルの先輩にやすやすとヴァージンを捧げてしまうに違いない。いままで神倉が大切に守ってきた白いフリル状の処女膜を、若いペニスで突き破らせてしまうだろう。純潔の清らかな蜜壺が、青くさい樹液でどろどろに汚されてしまうのだ。

許せなかった。

彼のほうが由奈に相応しい男であろうがなかろうが、とてもじゃないが受けいれられる話ではない。心よりも早く、全身の細胞がいっせいにNOと唱和する。

「……わかったよ」

神倉は、泣きじゃくる由奈の黒髪をくしゃっと撫でた。

「わかったから、もう泣くな」

余計に声をあげて泣きだした由奈を、神倉は抱きしめた。どうやらいよいよ、覚悟を決めなければならない時がやってきたようだ。


土曜日の午後、神倉はネクタイを締めて外出の準備を整えた。

「あら、あなた仕事なの?」

「ああ」

リビングで洗濯物を畳んでいた亮子は、不思議そうに首をかしげた。神倉の会社は、土日の出勤がほとんどないからだ。

「たぶん泊まりになるから、飯の準備はいいよ」

嘘の匂いがぷんぷんしていたはずなのに、亮子はそれ以上詮索《せんさく》してこなかった。ただし、頬が思いきりひきつっていたので、神倉は少しだけ溜飲《りゅういん》がさがった。

（いっそ、これから浮気してきますって言ってやりゃあよかったかな……これでおまえの望みどおり、浮気公認夫婦だって……）

もちろん、面と向かってそんなことを言える性格ではないことくらい、自分がいちばんよく知っている。

電車で新宿に出た。

待ちあわせまで時間があったので、ＣＤショップで時間を潰した。

六十年代、七十年代の古い作品を、自然と眼が追いかける。由奈が気に入りそうなものを何枚か発見したけれど、レジには運ばなかった。フランス・ギャルのジャケットを眺めて、深い溜め息をついた。由奈がアルバイトをしている喫茶店で、会話のきっかけになったアーティストだ。たぶん、しばらく聴く気にならないだろう。

夕刻、西新宿にある外資系シティホテルのロビーで由奈と落ちあった。

地味なベージュのコートに身を包んだ由奈は、神倉がプレゼントしたトートバッグを肩にかけ、外国人のビジネスマンやドレスアップした男女が行き交うなかで所在なさげに立っていた。

風が冷たい日だったのに、やはり手袋はしていない。赤くかじかんだ小さな両手でバッグのストラップをぎゅっと握りしめていて、神倉の姿を見つけると、安堵した表情で駆け寄ってきた。

「待ったかい？」

訊ねると、由奈は黒髪を揺らしてかぶりを振り、

「わたし、あんまり場違いなんで、待ちあわせ場所を間違えたかと思っちゃいました」

神倉は黙って微笑んだ。

場違いなのはお互い様だ。神倉にもこういう場所を利用する習慣はなく、雑誌のホテル特集を見て予約を入れたのだ。

由奈が生まれて初めてセックスをするのに、いくらなんでもいつもの六畳間では可哀相だと思ったからである。

ルームチャージが一泊五万を超える部屋は、地上四十四階にあった。窓から見える夜景が素晴らしいと、雑誌には書いてあった。

「わあっ、素敵っ！」

部屋に入るなり、由奈は窓に駆け寄ってレースのカーテンを開けた。

暮れなずむ景色のなか、まわりにそびえ立つ高層ビルがきらびやかなイルミネーションを放ち、まるでＳＦ映画にでも出てきそうな非日常的な光景がひろがっていた。由奈はカーテンを握りしめて、しばらく窓の前から動かなかった。

(湘南のときを思いだすな……)

眼下の景色に息を呑んでいる由奈を見て、神倉はまぶしげに眼を細めた。

湘南のリゾートホテルでも、由奈は部屋に入るなりカーテンを開け、しばらく窓の前から動かなかった。

だが、あのときは始まりで、今夜は終わりだから、状況は大きく違う。

一抹の淋しさが胸を衝く。

「……ふうっ」

コートを脱いでベッドに腰かけた。

ふかふかして座り心地がとてもよかった。ベッドカバーもインテリアも、いちいち気が利いている。セレブと呼ばれる連中は、ただセックスをするためだけにこんな贅沢な部屋を使っているのだろうか、とぼんやり思ったが、すぐにどうでもよくなった。

由奈がこちらを向き、ぺこりと頭をさげたからだ。

「ありがとうございます」

噛みしめるようにつぶやく。

「こんな素敵なホテル、泊まったことないです」

「なら、よかった」

「わたし、神倉さんに散財ばっかりさせてますよね。なんだかいつも……」

「そんなことはないさ」

神倉は首を横に振った。

「会うのはいつもあのボロアパートで、申し訳ないなあって思ってたんだ。本当はもっといろんなことしてあげたかったんだ……旨いもんご馳走したり、こういうところに連れてきたり、したかったんだけど……」

「あのうっ……」

由奈が声を張り、やめてというように手をかざした。

「しんみりするのやめましょう。わたし、涙が出てきちゃう」

「……そうだな」

「神倉さんとの思い出は、本当に楽しいことばっかりですから……なにもかも本当に……だから最後も……きっと……」

しゃくりあげそうになったので、神倉は立ちあがり、由奈を抱きしめた。

神倉のほうも、うっかりすると涙をこぼしてしまいそうだった。

だが、別れはもう決めたことだ。

いまから由奈のヴァージンを奪い、それを最後に二度と会わない。だからいまは、先のことを考えるのはよそう。

（そうだ、いよいよ……）

腕のなかで濡れた小鳥のように震えている、清らかな二十歳の処女。その初めての男に、四十路を迎えた自分がなれるのだ。いまはただ、その幸運を噛みしめていればいい。

「……待ってください」

唇を重ねようとすると、由奈は神倉の腕のなかから抜けだした。

「どうしたの？」

神倉が首をかしげると、

「い、いえ、そのう……」

由奈はベージュのコートに包まれた体をもじもじと揺すり、上目遣いに見つめてきた。

「今日は自分で脱ぎますから、見てほしいなって……」

「脱ぐところを？」

由奈は黒髪を跳ねさせて首を横に振った。

「じゃあ裸？」

由奈がこくんと顎を引く。

神倉は苦笑した。いつもは極端に羞じらい深いのに、おかしなことを言いだす。今夜が最後の逢瀬ということで、思うところでもあるのだろうか。

「わかった、見せて」

好きなようにすればいいと、ひとまずベッドに腰かけた。

由奈はまずコートを脱ぎ、ソファにかけてあった神倉のコートと一緒にクローゼットにしまった。

いつもアパートの鴨居にコートをかけるのは神倉の役目なので、少し変な感じだ。

由奈は広いホテルの部屋の中央に立ち、覚悟を決めるように何度も息を呑みながら、ピンク色のセーターを脱いだ。

（おっ……）

神倉は驚いて身を乗りだした。いつもシンプルな下着を着けている由奈なのに、瀟洒《しょうしゃ》な白いレースのブラジャーが眼を惹いたからである。

チェックのミニスカートが取られると、さらに仰天させられた。裸を見てほしいと言った意味が、ようやくわかった。

いつもとは違う、悩殺的なランジェリーを身にまとっていたのだ。

ブラジャーと揃いの白いレースのパンティが、若い股間にぴっちりと食いこんでいる。フロント部分に施された、銀色の花の刺繡がとても大人っぽい。浅くくびれた腰には同色のガーターベルト。ストッキングもセパレートタイプの白で、太腿のいちばん太いところが花柄のレースで飾られている。

「まるで……花嫁みたいな下着だな」

神倉が興奮に声を上ずらせると、由奈は恥ずかしそうにうつむいた。ウエディングドレスの下から現われたような穢れを知らない真っ白い体をしているのに、頰だけが艶めかしいピンク色に染まっていく。

「わざわざ、今日のために買ってきたのかい？」

視線を浴びせながら訊ねると、由奈はうつむいたままこくんと小さくうなずいた。

神倉の胸は熱くなった。

最後の逢瀬のために、慣れないデパートの下着売り場で買い物をしている由奈の姿が眼に浮かんだ。恥ずかしげに身をすくめながら、自分に似合い、なおかつ神倉を興奮させるものを、一生懸命探したのだろう。

思惑どおりにいったと言っていい。

白いレースのランジェリーは清純な由奈にすこぶるよく似合っていたし、神倉はぞくぞくするほど興奮していた。

これからこの女の処女を奪えるのだと思うと、手のひらにじっとりと汗が浮かんでくるほどだった。

「こっちに来いよ……」

神倉はベッドカバーをめくり、糊《のり》のきいたシーツの上に悩ましいランジェリー姿の由奈を横たえた。自分も服を脱ぎ、ブリーフ一枚になって身を寄せていく。ブリーフの前はすでに、恥ずかしいほど大きなテントを張っていた。

「とっても素敵だよ……」

甘くささやきながら、ブラジャーに手を伸ばしていく。ざらりとしたレースの感触が身震いを誘うほど官能的だった。カップが少し硬かったけれど、その下にはたしかに柔らかな、りんごの果実のような乳房が収まっている。

「んんっ……ううんっ……」

カップの上からやわやわと揉みしだくと、由奈は鼻奥で悶えた。

神倉はその表情に熱い視線を注ぎつつ、ウエストの素肌を撫でた。

どこまでも肌理《きめ》が細かく、なめらかな肌だ。

手のひらを、白いガーターストッキングに包まれた太腿に移動させた。

織細なナイロンの感触が、むちむちと若々しい太腿の張りをいっそう強調しているようで、たまらない触り心地がする。

「可愛いよ、由奈……」

うっとりとささやきかけると、由奈は両手を伸ばして抱きついてきた、赤く色づいた唇を差しだし、キスを求めた。

「ぅんんっ……」

深く口づけした。舌と舌をからみあわせると、お互いの息がはずみだし、熱くぶつかりあった。


白いレースのブラジャーを剝がして、りんごのような乳房を取りだした。

「エッチだな、由奈は……」

神倉はふくらみをやわやわと揉みながら、淡い桜色の乳首を舌で転がす。

「ほら、もう乳首が勃ってるぞ……」

「やんっ……んんんっ……」

由奈がせつなげに眉根を寄せる。下着の上からたっぷりとまさぐったので、性感は充分に敏感になっているらしい。

（もうすぐ、処女のおっぱいじゃなくなっちゃうんだな……）

そう思うと、ふくらみを揉みしだく手指に、熱がこもった。乳首を舐めまわしている舌が、自分でも呆《あき》れるほどねちっこく動く。

いままで何度となく愛撫をしてきた乳房だった。感度はずいぶんあがったけれど、初々しさも清らかさも、最初に触れたときと変わらない。

神倉は右手を由奈の下肢に這わせていった。

なめらかな肌を、ガーターベルトとセパレートタイプのストッキングが飾っている。むっちりした太腿と、それを飾るストッキングのレースのコントラストがたまらない。

手指を股間に近づけていった。

レースのパンティの奥は、早くも蒸れむれになっているようだった。

こんもりとやけに小高く盛りあがったヴィーナスの丘を撫でた。

上から下へ指をすべり落としていくと、レースの奥にくにゃりとした柔肉を感じた。

「んんっ……んあああっ……」

パンティ越しの刺激に、由奈が身悶える。

神倉は、ねちり、ねちり、と執拗にパンティ越しの愛撫を続けた。

それから、股布の横から指を忍びこませた。

「ああっ……ううっ……」

由奈が身構える。それでもあわてて脚を閉じようとしないのは、これまで愛撫を繰りかえしてきた成果かもしれない。

（熱い……）

パンティの奥を探ると、淫らなほどの熱気が指にからみついてきた。

くにゃくにゃした二枚の花びらは、すでにねっとりと蜜にまみれていた。

「もうこんなに濡れてるのか？」

神倉がささやくと、

「い、言わないでくださいっ……」

由奈は声を震わせて身悶えた。

「ロスト・ヴァージンは痛いって言うぞ。怖くないのかい？」

「ううっ……」

由奈がきりきりと細めた眼を向けてくる。

怖くないわけがない、と顔に書いてあった。

けれどもそれ以上に、期待もあるらしい。男と女の営みを知り、ついに大人になれるのだという興奮を、隠しきれない。

神倉は上体を起こし、由奈の下肢から白いレースのパンティを奪った。ガーターベルトとストッキングは残したままにした。

淡く煙った草むらを視線でひと撫でしてから、左右の膝をつかんだ。両脚をM字に割りひろげていくと、生々しい発情のフェロモンが立ちのぼってきた。

「ああんっ……」

由奈が羞じらいにあえぐ。おしめを替えられる赤ん坊のような格好で、いやいやと身をよじる。

(なんて眺めだ……)

ベッドの上からでも、浮き世離れした新宿の夜景が見えた。人知の限りを尽くして築かれた、巨大な宝石箱のようなイルミネーション。

だが、ベッドの上のこの光景には敵《かな》うまい。

二十歳の若さを誇るようにぴちぴちした、ミルク色の肌。控えめに、けれども悩ましく盛りあがった胸のふくらみ。丸みを帯びたヒップや太腿のライン。匂いたつ蜜にてらてらと濡れ光る、アーモンドピンク色の花びら。

そしてなにより、女の恥部という恥部を剝きだしにされ、恥辱にあえぐ処女の顔つき。

「うっく……」

花びらに触れると、由奈は羞じらいに歪んだ顔を両手で隠した。

神倉がなにをしようとしているのか、知っているのだ。

神倉は親指と人差し指で割れ目をくつろげ、白いフリル状の処女膜を露わにした。

息を呑んでむさぼり眺めた。

いままで由奈からパンティを奪うたびに繰りかえしてきたこの儀式も、これが最後ということになる。

清らかな薄桃色の粘膜を守り続けてきた純潔の証がまぶしすぎて、眼を細めて凝視する。

そんなに見ないでください、といつもの由奈なら言うところだった。

だが、いまは言わない。

体も動かさず、息まで殺している。

ほどなくしてなくなってしまう体の一部を、神倉の眼に焼きつけておいてほしいと願っているのかもしれない。

「綺麗だ……」

全身が武者震いに震えだし、熱くみなぎった分身が、ブリーフの生地を突き破りそうな勢いで硬くなっていく。

「……あふっ」

割れ目に唇を押しつけ、花びらを左右に開くと、奥から新鮮な花蜜があふれた。

ねちり、ねちり、と何度か舐めあげただけで、舌にしたたるほどの発情のエキスがあふれてきた。

(準備は万端ってわけか……)

一度だけ、ずずっと啜《すす》って、神倉は割れ目から口を離した。あまり啜りすぎると、結合の潤滑油が足りなくなってしまうかもしれない。

ブリーフをおろすと、ペニスがぶうんと唸りをあげて反り返った。

臍《へそ》を叩きそうな勢いだった。

とても四十路に足を踏み入れた男の勃ち方ではない。みなぎりの激しさだけではなく、先端から噴きこぼれた我慢汁の量も、尋常ではない。

「な、なんだか……いつもより大きいみたい……」

横眼でペニスを見た由奈が、ぼそりとつぶやく。可憐な顔が生々しいピンク色に上気しきっている。勃起しすぎたものに畏怖を感じるとともに、男を興奮させていることが嬉しくもあるらしい。

（い、いよいよだ……）

神倉は高鳴る鼓動を感じながら、由奈に身を寄せた。

両脚の間に腰をすべりこませ、カウパーでびしょ濡れになった亀頭を、それ以上に濡れている女の割れ目にあてがっていく。

「ううっ……」

由奈はピンク色の顔を両手で覆い、指の間から神倉を見つめてくる。

「……入れるよ」

低くささやくと、由奈は小さく顎を引いてうなずいた。

神倉は由奈をリラックスさせるように、細い両腕を何度かさすり、胸のふくらみから脇腹、そして腰へと手のひらをすべらせていった。両手でつかむと、白いガーターベルトに飾られたウエストは驚くほど薄かった。

（ついに由奈の処女を……）

大きく息を呑んだ。

由奈も顔を覆った手をどけて息を呑む。

視線と視線が熱くからみあった。

地上四十四階の部屋は耳が痛くなるほどの静寂に包まれ、お互いの心臓の音まで聞こえそうだ。

「い、行くよ……」

ゆっくりと腰を送りだしていく。

「くぅうっ……」

由奈がぎゅっと眼をつぶり、長い睫毛を震わせる。

膨張しきった亀頭が、くにゃりとしたアーモンドピンクの花びらの間に沈んだ。

神倉は全身の神経を勃起しきった分身に集中させた。

純潔の門は堅固に閉じられていた。

アナルヴァージンを奪った経験がなければ、焦ってしまったかもしれない。

あわてずに、穴の位置を探った。

すでにハアハアと息をはずませている由奈と呼吸を合わせ、貫くタイミングを待った。

(い、いまだ……)

鋭く腰をひねって、純潔の門を穿つ。

「ああっ、あああーっ!」

亀頭を半分沈めこんだだけで由奈は痛切な悲鳴をあげ、両手を伸ばして神倉の腕にしがみついてきた。

神倉は上体を被せ、由奈を抱きしめた。華奢《きゃしゃ》な肩にしっかりと腕をまわして、未通の肉路にむりむりと分身を押しこんでいく。

「あひっ！　ひぃいいいっ……」

破瓜《はか》の痛みに、由奈は腕のなかでじたばたと暴れだした。覚悟は決めていても、体が反射的に動いてしまうのだろう。

神倉は抱擁に力をこめた。

いたずらに手心を加えるより一気に挿入してしまったほうが痛みも少ないだろうと、ぶるぶると震えている女体の中心を、みなぎる男根で貫いていく。

「ひっ、ひぃいいいいいいーっ！」

断末魔の悲鳴が、広々としたホテルの部屋に響き渡った。

（奪った……）

という生々しい実感が、神倉の全身を熱く焦がした。

熱にうなされたように息をはずませている由奈の前髪をかきあげ、顔をのぞきこむ。

「……大丈夫？」

由奈はこくこくと顎を引いた。しかし、薄く開いた眼からは大粒の涙がこぼれ落ち、ピンク色に染まった双頰を濡らしていく。

「き、気にしないでください……これは……これは、嬉し涙ですから……」

可憐な顔をくしゃくしゃにして、精いっぱいに虚勢を張る。その様子が愛おしすぎて、神倉もつられて泣きそうになってしまう。

もちろん、泣いている場合ではなかった。

勃起しきった分身をきつく食い締めてくる処女肉の味わいが、センチメンタルな気分を吹き飛ばし、神倉を獣の牡に豹変させる。

「う、動くよ？」

答えを待たずに、腰を動かした。猛りたつペニスをずるりと引き抜き、もう一度奥まで貫いていく。

「あっ、あひいいいいいーっ！」

由奈はちぎれるような悲鳴をあげて、神倉の背中にぎゅっと爪を食いこませてきた。

神倉はかまわず、抽送を開始した。

もちろんゆっくりだが、根元まで入れて半分ほど抜きだす。

ゆっくりなつもりなのに、カリのくびれにからみついてくるキッキッの柔肉が、腰の動きに熱を込めさせる。

「あああっ……ああううっ……」

鋼鉄のように硬くなったペニスを出し入れするごとに、由奈は神倉の腕のなかでもがき、痛切な悲鳴をあげた。

男根に貫かれた股間から、ぐちゃっ、ぐちゅっ、という無惨な音が響いていたが、それを羞じらう余裕もなく、ただ一心に身を硬くし、初めて迎え入れる男の欲望に苦悶している。

「大丈夫？　痛くない？」

時折やさしげに声をかけつつも、神倉の腰の動きは一打ごとに熱烈さを増していった。深く、さらに深くと、純潔の処女地を貫いていく。

（これが……これが処女の味わいか……）

ひとりの女が、生涯にたった一度しか差しだすことのできない特別な感触だった。

夢中になってむさぼらずにはいられない。

思えば若いころ、女を知らない童貞時代、何度この瞬間を夢見たことだろう。

ヴァージンを奪うことで由奈が欲深い大人の女になってしまうかもしれないというためらいも、ヴァージンとまぐわう熱狂に溶けだしていく。自分がこの女の初めての男になったのだという圧倒的な満足感が、射精をも凌駕《りょうが》するような恍惚を運んでくる。荒ぶる興奮だけが腰を動かす。

「いいよ、由奈……由奈のオマ×コ、最高に気持ちいいよ」

わざと下品な言葉を吐いたのは、この情交に溺れたかったからだ。人間の仮面を脱ぎ捨て、獣のようにまぐわい、愉悦にまみれたかったからだ。

「最高だっ……由奈のオマ×コ、最高だっ……」

穢れを知らない処女肉はぴちぴちとはじけるようで、それがみっちりと詰まって隙間なくペニスに密着し、熟練の蜜壺とはまったく違う感触がした。勃起しきったおのが分身で、穴のないところに穴を開けているような感覚だ。

「くっ、くぅううっ……」

由奈が喉を絞ってむせび泣く。だが、その声はいつの間にか、痛みを訴えるだけのものではなくなっていた。

「い、いいっ……いいいいいっ……」

「き、気持ちいいのか？」

神倉が腰を使いながら訊ねると、

「ううっ……ううっ……」

由奈は涙眼を向けてうなずいた。

「ちょ、ちょっと苦しいけど、気持ちいいっ……神倉さんが、わたしのなかに入ってるっ……お尻とは、全然違うっ……ああああーっ！」

あふれる想いを伝えるように、神倉の背中にぎゅうぎゅうと爪を立ててくる。

これが念願のロスト・ヴァージンであるという心理に加えて、由奈の体はオーラルセックスやアナルセックスでオルガスムスに達するまでになっていた。まっさらな処女の肉体よりはずっと、快感を得られやすくなっているのかもしれない。

「ああっ、いいっ！　気持ちいいっ！」

「おお、由奈っ……由奈あああっ……」

神倉は雄々しく腰を振りたて、律動を高めた。腕のなかの女体がバウンドするほど、したたかに突きあげた。ぐちゃんっ、ぐちょんっ、と淫らがましい肉ずれ音が、高級ホテルの部屋中にとどろく。

「あううっ……あうううっ……はぁあうううっ……」

由奈があえぐ。声音がどんどん艶を増し、発情した牝の悲鳴に近づいていく。

神倉は由奈に口づけした。激しく腰を振りたてながらちゅぱちゅぱと舌を吸い、お互いの唾液を混じりあわせた。

白いガーターストッキングに包まれた両脚を、自分の腰に押しつけた。

手を繋ぎ、指をからめあった。

もうこれ以上密着できないというところまでふたりの体を密着させると、勃起の芯が疼きだし、射精の予兆がすさまじい勢いで迫ってきた。

「だ、出すぞ、由奈っ……そろそろ出るっ……」

神倉はフィニッシュのストロークを送りこみながら、興奮に震える声で言った。射精の前兆に勃起がぐんっとみなぎりを増し、処女の肉路をむりむりとひろげていく。

「き、きてっ、神倉さんっ……」

しがみついた由奈が、耳元で必死になって声を絞る。

「由奈のなかで、きてえええっ……」

「むうっ！」

神倉は限界までピッチをあげ、深々と突いては、ねちっこく腰をまわした。

未通の肉路をひろげている実感が、たしかにあった。

それ以上に、性器と性器の密着感がすさまじかった。

ぴちぴちした純潔の処女肉は、熟れた蜜壺のように収縮力も吸着力もないのに、肉と肉とが一ミリの隙間もなく重なりあっている。

「だ、出すぞっ……出すぞ、由奈あぁっ……」

「ああっ、出してっ！　出してえええっ……」

「……おおおうっ！」

最後の楔《くさび》をずぶりと打ちこみ、煮えたぎる欲望のエキスを噴射させた。どくんっ、どくんっ、という射精の痙攣が激しすぎて、由奈にしがみついていないとベッドの下に転げ落ちてしまいそうだった。

「はっ、はぁあああああーっ！」

由奈の体も、釣りあげられたばかりの魚のように跳ねあがった。

オルガスムスに達したわけでは、ないだろう。それでも女膣の奥に男の精を浴びた由奈は、いままで見たこともない艶やかな姿を見せた。清潔な黒髪を振り乱し、白い裸身をよじりながら、むせかえるほどの色香を放った。

（お、終わった……）

最後の一滴を漏らしおえると、神倉は射精の余韻で五体をぶるぶると震わせながら、結合をといた。

あまりに激しく突きあげたせいか、由奈は白いガーターストッキングに飾られた両脚をすぐに閉じることができなかった。

くしゃくしゃに乱れた純白のシーツには、由奈が女になった証である、赤いシミができていた。

「ううっ……ううぅっ……」

神倉はむせび泣く由奈の両脚を閉じてやり、抱きしめた。

嵐に嬲《なぶ》られた小鳥のように震えていた。

けれどもその肌は熱く火照り、肉欲に淫したあとであることも生々しく伝えてくる。

(この子はもう、ヴァージンじゃない……)

不思議な感慨に、神倉はとらわれた。

四十歳の自分を夢中にさせているのは、二十歳の由奈が処女だったからだろうと、いままでずっと思っていた。

それは間違いない。ならば、胸にあふれるこの想いはいったいなんだろう。

女になった由奈が、どうしてこれほど愛おしいのだろう。

離したくなかった。

処女じゃなくなれば執着も薄れるだろうというのは、とんだ思い違いだった。

男の欲望をあなどりすぎていたのかもしれない。

射精してなお、ひどく渇いている。

もっと由奈を抱きたかった。

何度でも抱いて、まだ蕾《つぼみ》の状態にある愉悦の花を艶やかに開花させ、歓喜の極みにふたりで昇りつめていきたい。

「ゆ、由奈……」

乱れた髪を直してやり、顔をのぞきこむ。

やっぱり別れるのはよそう、と言おうとして言葉につまった。

なんて自分勝手な男だろうと思ったからだ。

しゃくりあげていた由奈が、どうしたの？　と言うように首をかしげる。

それでも神倉は、ただ唇を震わせ、潤んだ瞳で見つめることしかできない。

すると由奈は、ふっと表情をといて微笑んだ。

なにもかもお見通しの、菩薩《ぼさつ》のような笑顔だった。

そして次の瞬間、神倉の頭をぎゅっと抱きしめた。

「由奈っ……由奈ああっ……」

りんごの果実のようなふたつのふくらみに顔を沈めた瞬間、神倉は慟哭をもらし、熱い涙をあふれさせた。

由奈の乳房はもう、可憐なだけではなかった。

やさしくて、温かかった。

まるで母の胸に抱かれているようなぬくもりの前に、処女に対するこだわりは静かに溶解していった。

一〇〇字書評

切り取り線

購買動機（新聞、雑誌名を記入するか、あるいは○をつけてください）

□（　　　　　　　　　　　　　）の広告を見て	
□（　　　　　　　　　　　　　）の書評を見て	
□ 知人のすすめで	□ タイトルに惹かれて
□ カバーがよかったから	□ 内容が面白そうだから
□ 好きな作家だから	□ 好きな分野の本だから

●最近、最も感銘を受けた作品名をお書きください

●あなたのお好きな作家名をお書きください

●その他、ご要望がありましたらお書きください

住所	〒				
氏名		職業		年齢	
Eメール	※携帯には配信できません	新刊情報等のメール配信を 希望する・しない			

あなたにお願い

この本の感想を、編集部までお寄せいただけたらありがたく存じます。今後の企画の参考にさせていただきます。Eメールでも結構です。

いただいた「一〇〇字書評」は、新聞・雑誌等に紹介させていただくことがあります。その場合はお礼として特製図書カードを差し上げます。

前ページの原稿用紙に書評をお書きの上、切り取り、左記までお送り下さい。宛先の住所は不要です。

なお、ご記入いただいたお名前、ご住所等は、書評紹介の事前了解、謝礼のお届けのためだけに利用し、そのほかの目的のために利用することはありません。またそのデータを六カ月を超えて保管することもありませんので、ご安心ください。

〒一〇一―八七〇一
祥伝社文庫編集長　加藤　淳
☎〇三（三二六五）二〇八〇
bunko@shodensha.co.jp

祥伝社文庫

上質のエンターテインメントを！　珠玉のエスプリを！

祥伝社文庫は創刊15周年を迎える2000年を機に、ここに新たな宣言をいたします。いつの世にも変わらない価値観、つまり「豊かな心」「深い知恵」「大きな楽しみ」に満ちた作品を厳選し、次代を拓く書下ろし作品を大胆に起用し、読者の皆様の心に響く文庫を目指します。どうぞご意見、ご希望を編集部までお寄せくださるよう、お願いいたします。

2000年1月1日　　祥伝社文庫編集部

摘《つ》めない果実《かじつ》　長編官能ロマン

平成20年6月20日　初版第1刷発行

著者　草《くさ》凪《なぎ》優《ゆう》

発行者　深澤健一

発行所　祥《しょう》伝《でん》社《しゃ》

東京都千代田区神田神保町3-6-5
九段尚学ビル　〒101-8701
☎03(3265)2081(販売部)
☎03(3265)2080(編集部)
☎03(3265)3622(業務部)

印刷所　堀内印刷

製本所　明泉堂

ISBN978-4-396-33431-4　C0193

祥伝社のホームページ・http://www.shodensha.co.jp/

祥伝社文庫

柊《ひいらぎ》まゆみ　人妻みちこの選択

守るべき家庭と恋の狭間に揺れる人妻の心理と性を余すことなく描く。大型新人人妻官能作家、登場！

牧村　僚　フーゾク探偵《デカ》

新宿で起きた風俗嬢連続殺人事件。容疑者にされた伝説のポン引き・リュウは犯人捜しに乗り出すが……

安達　瑶　ざ・だぶる

一本のフィルムの修正依頼から壮絶なチェイスが始まる！　男は、愛する女のためにどこまで闘えるか⁉

安達　瑶　ざ・とりぷる

可憐な美少女を巡る悪の組織との戦いは、総理候補も巻込み激しいチェイスに。エロス＋サスペンスの傑作

安達　瑶　ざ・れいぷ

死者の復讐か？　少女監禁事件の犯人たちが次々と怪死した。その謎に二重人格者・竜二＆大介が挑む！

安達　瑶　悪漢刑事《わるデカ》

犯罪者ややくざを食い物にし、女に執着、悪徳の限りを尽くす刑事・佐脇。エロチック警察小説の傑作！

祥伝社文庫・黄金文庫　今月の新刊

梓林太郎　**最上川殺人事件**
旅情溢れる、好評茶屋次郎シリーズ第十五弾！

菊地秀行　**魔界都市ブルース**　妖月の章
散る花のように儚く美しい傑作超伝奇。

南　英男　**非常線**　新宿署アウトロー派
凶悪テロの背後に潜む人間の〝欲〟を描く！

菊池幸見　**泳げ、唐《から》獅《じ》子《し》牡丹《ぼたん》**
読めば元気が出る、痛快極道青春水泳小説！

草凪　優　**摘《つ》めない果実**
四十男に恋した少女はなんとヴァージンだった……

森　詠　**黒の機関**　戦後、「特務機関」はいかに復活したか
戦後昭和史の暗部を抉った名著復刊！

佐伯泰英　**意地**　密命・具足武者の怪〈巻之十九〉
待望の十九作目、「密命」シリーズ最新刊！

浦山明俊　**噺《はなし》家侍《かざむらい》**　円朝捕物咄
「いよっ、待ってました！」本邦初、落語時代小説。

髙田　郁《かおる》　**出世花**
次代を担う女流時代作家、ここにデビュー！

睦月影郎　**のぞき草紙**
若侍が初めて知る極楽浄土。夢のような日々。

和田寿栄子　**子供を東大に入れるちょっとした「習慣術」**
息子二人を育て上げた「家庭教育」大公開

小林惠子《やすこ》　**本当は怖ろしい万葉集**〈壬申の乱編〉
秀歌が告発する、古代天皇家の〝暗闘〟

丸山美穂子　**TOEIC Test満点講師の100点アップレッスン**
こうすればいいんだ！実証済みの勉強法！